U0131276

K INK INK INK INK INK INK
INK INK INK INK INK INK IN
K INK INK INK INK INK INK
INK INK INK INK INK INK IN
K INK INK INK INK INK INK
INK INK INK INK INK INK IN
K INK INK INK INK INK INK
INK INK INK INK INK INK IN
K INK INK INK INK INK INK
INK INK INK INK INK INK IN
K INK INK INK INK INK INK
INK INK INK INK INK INK IN
K INK INK INK INK INK INK
INK INK INK INK INK INK IN
K INK INK INK INK INK INK
INK INK INK INK INK INK IN
K INK INK INK INK INK INK
INK INK INK INK INK INK IN
K INK INK INK INK INK INK
INK INK INK INK INK INK IN
K INK INK INK INK INK INK
INK INK INK INK INK INK IN
K INK INK INK INK INK INK
INK INK INK INK INK INK IN
K INK INK INK INK INK INK

INK

文學叢書

128

一個人@東南亞

梁東屏◎著

目錄

◆新加坡

目 錄

◆柬埔寨、印尼、馬來西亞、菲律賓、越南、緬甸

目　錄

〔序〕

一顆新星@台灣書市

夏瑞紅（中國時報「浮世繪」副刊主編）

眞高興印刻出版社慧眼獨具，出版了東屏兄的這本新書！

我說「慧眼獨具」，是因爲我知道這些年來，有幾家出版社一再錯過東屏兄的書。有一次聽他嘻笑著自述，曾被某出版社挑三揀四，最後又用「官方理由」給「始亂終棄」了的故事，我們一群晚輩小同事笑到東倒西歪之餘，差點忍不住要爲他飆淚了。

其實，怪不得那些出版社。像梁東屏這種路數的作者，實在很難歸類，出版社想不出該用哪種暢銷男作家的模式來包裝他。時下最流行：一、投資理財的搶錢高手，二、敦品勵志的樂觀教主，三、談情說愛的奶油小生。然而：

一、我不知道東屏兄懂不懂投資理財，倒聽說他把錢都花在「收藏」，那是他出差世界各地邂逅的種種奇珍異寶，搞到最後，屋子已塞不下，只好開藝品店尋找有緣人，而萬一上門的眞是識貨知音，他一歡喜，就「隨便賣」了。

二、也許是我眼花、或者笨，我看不出他的文章有半點教化四維八德的意思；相反的，他毫不遮掩做爲一個凡人的眞實面目，有時耍賴貪歡、有時無奈喟嘆。例如，他會以「第一手資料」嚴肅評比東南亞各地紅燈區的「敬業精神」；也會像街頭吉普賽詩人一樣顧自低吟：人生遲早會走到「只有一個人」的時候……

三、他的多情浪漫倒很容易想像，只是，你怎能要他叫賣市場當紅的那種情愛教戰手冊？那可不是讓滿身風沙的大將軍去混泡沫紅茶、陪小鬼幹架嗎？他說起離婚後當單親爹地的心路歷程，點點滴滴、笑淚糅雜，叫人吐不出又吞不下，哪能比「奶油」的香軟滑溜？更何況，他是歷盡滄桑的虬髯客，早已不是「小生」了！

東屏兄是新聞界資深前輩、也是我的老同事，但過去我只知他長年駐外，從美國繞大半個地球到東南亞。我常讀他的新聞特稿，注意到他的文章有種特別的味道，好像幾個男人湊在一起時，才會說的那種言語；乍聽只是閒扯淡，再聽卻透著骨子裡的心聲，帶點世故老辣，又有種頑皮慧黠。他很少正經八百，也懶得慷慨激昂，縱有驚滔駭浪，也不過輕描淡寫，讓人不禁想像，他是否習慣吞雲吐霧，喜歡半瞇著眼、朦朧地去瞧這世界？

因此，二〇〇四年初，我突發奇想，冒昧地寫信邀他在浮世繪開一個雜談東南亞風土文化的專欄，竟不假思索就寫了兩個欄名給他挑——「一個男人的東南亞」、「一個男人在東南亞」。他很快回信：「『一個男人@東南亞』，如何？」我一看，沒錯、就這個！於是，專欄就這樣開始了。他從不拖稿，我也從不管他寫什麼，只是有時寫太長了，我就下毒手砍、砍、砍，但他也不以爲意。

一直到當年夏天，我們才初次見面。我發覺，東屏兄跟他的文章「長得可眞像」！那天他穿著一件印地安風味的背心，一頭亂髮、滿臉鬍鬚，好像才開吉普車橫越非洲草原打獵歸來。許多形容詞快速閃過腦海，但配到他身上，卻沒一個準。粗獷？不，看那眉宇，心思太纖細！滄桑？不，這樣說會錯過笑起來就洩露的任性野氣。幽默輕快？也不對，他眼底明明埋著深邃的悲傷。而後我沒再見過東屏兄，倒是看到他更多稀奇的作品，例如像夢境油畫似的風景攝影，跟黑白電影一樣的眷村童年往事，他還搞了一個圖文並茂的網頁來拍賣心愛的吉他……

後來我想，只能說梁東屏眞是——台灣書市久違的那種「浪子系」明星男作家。眞高興終於有出版社知道來「押寶」了！在此，我除了要代表「浮世繪」編輯小組，向印刻和東屏兄道賀新作問世外，也要恭喜那些受夠了滿書架成功秘訣與都會悶騷的紅男綠女，現在，您們終於有了新的選擇，快快隨瀟灑熟男梁東屏去浪跡天涯、笑傲江湖吧！

〔序〕你所不知道的東南亞

彭蕙仙（新聞工作者）

我與東屏兄可說素昧平生，又可說相識已久。早在他派駐美國時我就讀他的報導讀得津津有味，不過，一直到最近，我才有機會在台北見到他一面。

二〇〇四年，《中時晚報》未結束前，我常幫忙總主筆楊渡聯絡部分的論壇主筆，中時報系派駐東南亞的梁東屏當時也是中晚的主筆之一；但老實說東屏兄不大需要我聯絡，因爲他從不拖稿，連海嘯發生後被派去印尼亞齊等地採訪，他的稿子也都應時而到，根本不必費心。

所以我們基於工作上的聯繫其實不多，私底下也不熟，當然就更不會聯絡。但我對東屏兄注意已久，與這本書的內容有關。

他的專欄「一個男人@東南亞」在《中國時報》「浮世繪」版開始了（我很佩服浮世繪主編夏瑞紅的慧眼），當時我的眼睛一亮，因爲台灣的東南亞專欄太少見了，更何況還是用這麼趣味盎然的角度和筆法書寫，眞是難得。

我在這一篇一篇的專欄中，看到另一個梁東屏。他在寫作東南亞的同時，也寫了很多自己，這位平日隱身在報導後面的資深媒體人，終於在這裡露出了許多眞實面貌，包括一位中年男子的生活和心情，有些，甚至稱得上是大膽眞誠的告白；我在其中讀到滄桑，也讀到豁達；讀到嚴謹，也讀到頑皮；讀到大處著眼，也讀到小處關心，甚至於，常常還讀到一顆爲父之心……

這個專欄後來結集成這本書，依地理位置和內容做了分類和擴大補充，讀起來更有聯貫性，也因此更能夠幫助讀者對書中所寫的東南亞國家有一分整體的了解。

東屏兄用一種特別的梁式幽默書寫我們理當熟悉但其實十分陌生的東南亞，涵蓋面從政治（合法的與非法的）、經濟（地上的與地下的）、文化（上層的與庶民的）……食衣住行育樂，這本書全都有了，我想，台灣很少有這麼豐富多元又有趣的「東南亞學」；梁東屏兄以他媒體人的特質，對東南亞做了非常廣袤但又細膩而且深入的觀察，又因爲他過去長期在美國生活，再加上（我想）個人性格的關係，對不同文化的差異抱著好奇與探索的態度，因此筆下所見除了新鮮還有就是寬容，讀起來可以清楚地感受到寫作者對這些地方的尊重與愛惜；這不只是寫作的態度，當然更可能是一種人生觀了。

梁東屏的《一個人@東南亞》，是他的駐外心得報告，更某一個程度爲台灣補了不少「東南亞學分」，或許我們也不妨想想，爲什麼一個嚮往自由自在的紐約客會覺得新加坡是個還不錯的國家；爲什麼在曼谷要做「口罩俠」；爲什麼，在東南亞騎摩托車，安全帽上還得插了一支避雷針……本書眞的說了好多「你所不知道的東南亞」：作爲旅遊的行前準備、作爲文化比較的材料根據、作爲了解鄰近國家的即時資訊，這本書都非常合適；當然，讀者也可以不必想太多，就單純純享受梁東屏特殊的觀點與亦莊亦諧的文字，這本書都一定能夠帶給讀者很大的閱讀樂趣。

對了，既然於公於私，我和梁東屏都不熟，爲什麼我會爲他的這本新書裡寫上這篇小文呢？想來想去，最合理的解釋是因爲他算是個型男，東屏兄在書中形容自己「英俊無比」，此說雖可能有誇張之嫌，但也沒有不實，應不至於遭到公平會的處罰吧。

祝福東屏兄：一個人@東南亞，無數讀者的感動。

〔序〕野男人的溫柔

陳浩（中天書坊主持人，中天電視執行副總經理）

南洋有一種風，海風，是涼的又是暖的，有點鹹，有太陽的時候，不管多熱，你要曬著吹，早上的陽光和黃昏的陽光都可以就著吹，是上品。棕櫚樹蔭，沙灘旁邊，停著一輛重型機車，有時候能看到一條大狗，撒著歡兒跑，當然就還有遠望的海，無邊的藍。

這樣的風景裡，祇缺一個男人，他可能站著，在樹底下歪著，在沙灘上躺著。他一定得有點年紀，年輕的沒故事說。他不可能太文氣，不野。不可能沒鬍子，要不親吻女人時不夠扎，沒勁。他一定得戴著墨鏡，含蓄地遮住那對又深又不客氣的眼神。

他的筆記本和攝影機都藏在那隨意扔在地上的包裡，有時候更像是格鬥的凶器，他可能應該選擇表面更粗糙的傢伙，如果不是記錄流浪的渴望更強，他就會祇帶一壺酒（還是茶？），到鬧市裡的角落端詳著他從山裡帶回來的古代的一塊石頭。

這是一個熟透的野男人，他走過太多的好地方，該說說他精采的故事了，讓人們知道這野男人的溫柔。

前言

來到東南亞，是很偶然的事。因爲《中國時報》覺得在一九九七年東南亞發生金融風暴之後，有必要派駐一位記者。

當初考慮的人並不是我，可是那位同事沒有興趣，我知道了之後就毛遂自薦，原因也很簡單，因爲已經派駐在紐約長達十年，再加上當時感情上碰到很不愉快的事，能換個環境也不錯，就這樣來了。

進報社之後，我一直是派駐在美洲，因此來之前，我對東南亞眞的是一無所知，唯一的印象是服兵役的時候曾經與新加坡星光部隊共處過，對於他們的「新加坡式」英文頭大如斗；另外，大學時交過一位馬來西亞的華僑女朋友，後來被她棄如敝屣。僅此而已。

不過來了之後眞的很喜歡東南亞，我也曾經仔細思考過爲什麼會喜歡東南亞，其中很重要的一個原因居然是「終於又回到了黃種人的世界」。

我在美國前後生活了長達十九年的時間，也沒有什麼必須要離開的理由。然而實際上，非白種人在美國那樣的環境裡始終是受到歧視的，只不過天天生活在其中，許多不愉快的事很自然習以爲常，久而久之就無可奈何地當之正常。

記得在美國的那些歲月裡，很多次聽到「回到你的國家去！」這樣的話，也甚至曾經爲這樣的屈辱跟別人衝突過，但是事情過後，還是必須繼續過活，接受那樣的事實。

在東南亞，前述的狀況幾乎是不可能發生的，甚至於在很多地方，華人還有「高人一等」的感覺及地位。我想最起碼對我而言，這是個東南亞稱得上獨特的地方，也就是雖然是異國，卻不會讓生活於其中的你感覺到自己是「外國人」。

至於其他的獨特性，可以說是多不勝數，因爲不論是語言、宗教、風俗習慣乃至於飲食，東南亞的十個國家都各有各的精彩，我如果一直住在美國，恐怕就永遠沒有機會嘗試用手抓飯吃的滋味。

一般台灣人對東南亞的認識並不準確。很長一段時間，台灣是相當崇洋的，最近幾年好像又哈日、哈韓，但就是沒有哈過東南亞，一方面固然是除了新加坡以外，東南亞還是相對比較落後的地方，台灣人當然覺得東南亞沒什麼好哈。

另一方面，台灣人，包括到東南亞之前的我自己，對於東南亞的認識大抵是通過西方媒體的報導，或是一些自以爲是的評論家所寫的評論，這些報導或評論在一定程度上是有相當偏差的，也造成一些很可笑的誤解。

常常有人問我生活在台灣和生活在東南亞國家最主要的差異是什麼？對我而言就是置裝費省了很多。東南亞國家大多處於熱帶，平時一條短褲、T恤就完了。當然，前面說過東南亞十個國家十個樣子，住在不同的地方就會有不同的差異，譬如說新加坡，日常通用的語言是英文，但是到別的國家，譬如說印尼、泰國，說起英文那就是「雞同鴨講」；又譬如到印尼的亞齊省，那邊的回教徒生活很嚴謹，穿著短褲上街是會被罵的；如果住到緬甸，男人可能就得穿裙子（紗龍）了。

很多朋友知道我搬到東南亞而且還住在新加坡都覺得很奇怪，他們直覺上認爲，我在紐約這個多采多姿的大都會生活了這麼久，怎麼會喜歡枯燥乏味、乾淨得像所醫院的新加坡。

其實我自己也覺得很奇怪，所以認眞思考過，後來發現正是因爲我在紐約生活了這麼久，才會喜歡新加坡。這是由於所有新加坡的缺點包括地方太小、生活太悶、沒地方去，對我來說都不重要，因爲我哪裡都不去。

我在新加坡住了六年，但是連所有觀光客必到的聖淘沙（這個名字可能還寫錯了）都沒去過，其他如博物館、藝術館，除了工作需要，也從來不去。原因很簡單，「曾經滄海難爲水」，這些地方都不吸引我，所以我熟悉的地方只有住家附近，就這層意義上來說，新加坡於我，其實是很「大」的地方。

新加坡兩年多前曾經舉辦「情色電影展」，其中日本導演大島渚在一九七〇年代拍的《感官世界》

頗引起爭議，大家討論了半天，結果決定還是不放映，一些新加坡的朋友很沮喪，頗有些抱怨。

我跟他們說，「你們想看，到我家來。」

我家裡就有自己最喜歡的音樂、電影，完全自給自足，所以我哪裡都不去。

工作上也適應得很好，因爲東南亞確實是個很多樣化的地方，有特色、夠奇怪，跑起新聞不愁沒題材，只恨自己一個人跑不來，不像美國到處一個樣，到處都是麥當勞、肯德基。

還有個很重要的原因，就是我自己其實是個很好靜的人，完全可以大門不出、二門不邁，生活上的喜好是「靜如處子」，工作上的需要是「動如脫兔」，我的生肖是兔，當然就適應得好。兔子在「動如脫兔」之前，不都很靜嗎？

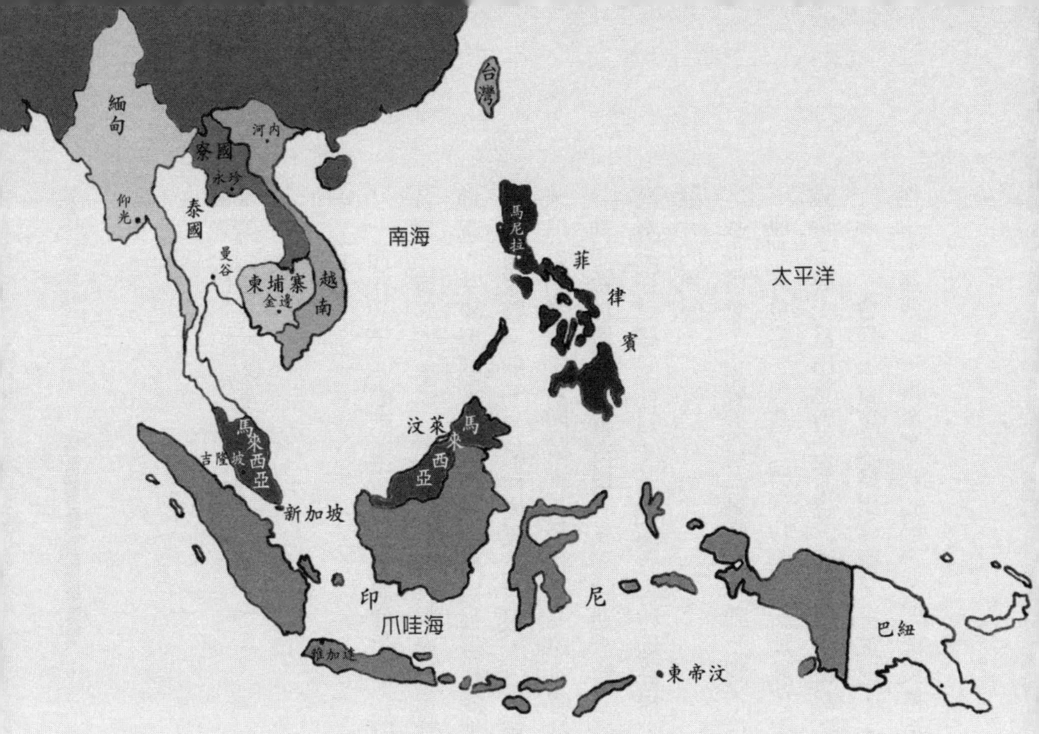

大東南亞
South-east Asia

大衣

一九九八年奉派到東南亞，見過我包括長髮、短髮、紮辮子、大鬍子、小鬍子、沒鬍子、戴耳環各種「奇怪形象」，但是從來沒有說過一句話的董事長余紀忠先生把我叫到辦公室，「語重心長」地說，「東屏啊，新加坡是個規定很嚴格的地方，你這次去，儀容、服裝要弄整潔。」

於是修整了鬍子，翻箱倒櫃找衣服。由於新加坡地處熱帶，所以特別找出很久未穿、價格昂貴、米白色的名牌Polo西裝，甚至有一度還考慮是否應該把耳環摘下。

到了新加坡，我就這樣「充滿帥勁」地去各相關單位拜會。所到之處，眞的是引起轟動，我可以感覺到自己頗受注目，甚至還有人特地從辦公室探頭出來看呢，那時走起路來，都感覺到有「欸，欸」的風聲。

我很得意，也覺得自己果然是「帥」到不行。

直到拜會告一段落，轉到我國駐新加坡代表處新聞組辦公室，與當時的組長賈惠晤面。賈惠見到我時，面上露出莞爾的笑容，我覺得有點奇怪，但是沒有問他爲什麼。

聊了一會兒，賈惠又露出莞爾笑容說道，「東屏兄啊，新加坡和周邊的國家因爲氣候太熱，所以很少人穿西裝，很多正式的場合，一件長袖襯衫加條領帶就可以了。在這裡，西裝不叫做西裝，叫做『大衣』。」

我才知道，自己受到「注目」，並不是由於「帥」而是因爲「怪」，沒代沒誌穿了件「大衣」到處逛。

後來開始正式工作，發現眞是如此，幾乎沒有需要西裝筆挺的場合。更重要的發現是，印尼和馬來西亞的蠟染布「巴迪克」（**Batik**）衣服基本上就是正式服裝，再正式的場合，一件絲質、長袖的**Batik**就可以對付，連領帶都不用了。

有次去印尼總統府，我試了一下，果然不錯，連瓦希德總統出場時都只是穿了件大花的**Batik**。一樂之下，我把所有的有領襯衫、領帶全送人了，只留了一套西裝以備不時之需，眞有需要時，配件教士領的**Batik**，也完全不失禮。

其實，任何地方的傳統服裝都有其道理的。以東南亞來說，特點都是寬鬆、無領，材質則以通風、吸汗的絲、棉爲主，主要的原因就是適合當地的氣候。

只不過西方文明實在太犀利，東南亞的很多地方都已經西化，其中又以新加坡最具代表性，具體的表現則在服裝方面，因此新加坡人穿的都是西式衣服。我留著鬍子，身穿**Batik**，很多人其實將我認作馬來人。但即便如此，新加坡人還是不得不向炎熱的環境低頭，西裝也就成了「大衣」。

登革熱VS.禽流感

前一陣子，東南亞幾個國家發生禽流感，搞得天下大亂，有疫情的國家把雞隻成千上萬地銷毀，大家都不再敢吃雞肉、雞蛋，甚至於肯德基炸雞店都暫時停賣招牌炸雞。

其實我覺得很好笑。禽流感，不就是小時候常見的「雞瘟」嗎？那時雞瘟的情況比現在的禽流感嚴重得多，因爲幾乎家家戶戶都養雞，雞瘟一來，每家都有死雞，還不就是煮熟了吃，好像也沒聽說什麼人因爲吃了死雞而「掛了」，也許有，但是大家都不知道那就是禽流感，就當是感冒感死了。

這次的禽流感風潮，泰國、越南、印尼、柬埔寨乃至於緬甸都傳出疫情，因爲禽流感而死的人，幾個國家加起來總共還不到二十人，可是大家都怕得要命。相形之下，同一時間在印尼爆發的登革熱（骨痛溢血症），其實要嚴重得多，短短的時間內，印尼因爲登革熱而死亡的人已經有三百多人，可是國際傳播媒體卻似乎不把它當作一回事。

主要的原因就是泰國是全球最大的肉雞輸出國，許多先進國家的進口雞肉都來自泰國，這些國家一宣布禁止肉雞進口，就成了大新聞；而登革熱是伊蚊所引起（東南亞稱登革熱病媒蚊爲「伊蚊」），蚊子再厲害，也飛不出一個範圍，只能在局部地區危害，國際傳媒自然沒什麼興趣。所以，登革熱碰到禽流感，怎能不相形失色？

那麼，印尼的蚊子有多厲害呢？這點，我倒有親身的體驗。

二〇〇〇年前，我到印尼蘇門達臘島北端的亞齊省採訪「自由亞齊」游擊隊成立二十五週年紀念，週年前夕在當地追求獨立人士安排之下前往游擊隊根據地披迪縣的一個小農莊。

當天到得很晚，我們一批記者被安排住在民宅，十幾位記者就在民宅小小的客廳一字排開席地而臥，由於天氣很熱，大家都只穿著背心或光著膀子，一整天的勞累，當然都想睡個好覺，可是卻都無法安眠，倒不是因爲太熱，而是蚊子太多，只聽到劈劈啪啪打蚊子、各種語言咒罵的聲音此起彼落。那家民宅客廳只有一盞昏黃的小吊燈，所以也眞的看不清楚究竟有多少蚊子，只知道嗡嗡聲不絕於耳，沒事就被叮一口，眞是可恨。

後來，屋主看我們可憐，找了兩捲蚊香來，點著之後奇觀就來了。

我睜著雙眼，看著蚊子一隻隻在蚊香繚繞中從半空掉下來，有幾隻落在我的胸口，還在那邊奮力掙扎，不旋踵之間，蚊子居然落得一地都是。

現在想想，我當天晚上被蚊子叮得體無完膚，竟然沒有一口是伊蚊的傑作，也是奇蹟。

天打雷劈

我從小不太聽話，經常有在父母眼中「忤逆不道」的行爲、言語，所以常常被母親責罵，她也常在氣極時說，「你這樣不孝順，當心出去被雷公打死。」

雷公？你知道雷公有多可怕嗎？他全身鼓著一塊塊的肌肉，老鷹般尖尖的嘴巴，眼神銳利到可以穿透你，背上有兩隻強而有力的翅膀，右手握著個大鐵鎚、左手抓著個大鐵釘，一敲，一陣電光石火，我梁某人就全身焦黑地掛了。哪裡能不小心提防呢？

所以，我自小就對打雷閃電敬畏有加，躲在家裡，都怕閃電像巡乂飛彈破窗而入。說到底，就是我自認不是個孝順的人，永遠是雷公的目標，台灣發生雷暴雨的機會也頗多，簡直無所逃於天地之間。

後來移民到美國，在紐約市一住十多年，就逐漸忘了雷公。倒不是因爲自己變孝順了，其實我在「孝順」這方面一直頗爲心虛，而是由於一來紐約市雷電交加的情況並不常見，再則紐約市滿布摩天大樓，每座樓的頂層都有避雷針。有這樣的雙重保障，我還怕什麼？

不過好日子過完了。

我在一九九八年八月奉調新加坡，九月開始就碰到雷暴雨季節。東南亞的打雷跟閃電，還眞不是鬧著玩的，那是我首度體會到什麼叫做「震耳欲聾的爆裂聲音」，雷聲霹靂啪啦隨著閃電而來，要不是爲了撐起「男人」的面子，眞想躲到桌子下面；我使用電腦已有十多年歷史，也只有在新加坡首次體驗到電腦被雷電擊壞。厲害吧。

我住在新加坡，母親還住在紐約，這麼遠，怎麼孝順啊？只好想盡辦法躲閃電、避打雷。

東南亞的雷電有多恐怖呢？

有次我在新聞報導中讀到，印尼每年有三百多天打雷閃電，馬來西亞也多達兩百五十天。我雖然慶幸自己不是住在前述這種恐怖的地方，但是仍然不敢掉以輕心。

事實上，新加坡這邊遭雷殛而死的新聞也時有所聞。前不久，就有位中國來的足球員，在草場上練球時遭雷擊斃。

我喜歡摩托車，摩托車也是我在新加坡的主要交通工具，但是騎摩托車其實頗危險的，不是因爲我技術不好或騎車魯莽、不小心，而是因爲在空曠的地方騎車，基本上是暴露在雷公的鷹眼之下。

兩個星期前，就有位馬來西亞人騎車回家時被雷擊而死，連安全帽都被擊穿了一個洞。

這個新聞讓我讀得心驚膽戰。

所以，你下次如果在東南亞地區見到一位英俊無比的摩托車騎士呼嘯而過，但是安全帽上卻呆呆地豎著根尖尖的避雷針，不要懷疑，那就是在下，我，不是布萊德·彼特。

乏味的偷渡

說到偷渡，東南亞還眞是天堂。

新加坡與馬來西亞最南端的柔佛州僅隔一個柔佛海峽，最窄的地方不足一千公尺，有兩條長堤相連，偷渡者海、路並進，或藏身汽車的暗格中，或乾脆抱個車內胎乘夜黑風高游泳而來，新聞報導不時有偷渡者被逮獲的消息。殊不知，被逮者的數目可能遠遜於偷渡成功者，否則的話，爲什麼還有這麼多人前仆後繼而來。

所謂道高一尺，魔高一丈，不論防範多麼嚴密，處罰多麼嚴厲，只要有利可圖，作奸犯科者始終會找到辦法的。

十八年前，紐約市洛克威海灘發生駭人聽聞人蛇船「金色冒險號」擱淺事件，船上的中國大陸人蛇冒死跳船，十幾人枉死海中，引起大家首度正視人蛇問題。

我當時在紐約一家華報工作，採訪之下，赫然發現其實每天從甘迺迪機場闖關入境的非法移民才眞的不知凡幾，遠遠超過「金色冒險號」上的幾百人。蛇頭的作法也很簡單，每個人蛇當然都持假護照在檢查比較寬鬆的國家上機，上機之後，就到廁所裡取出蛇頭發給的小剪刀，把護照唏哩嘩啦剪碎，丟進馬桶內沖掉。

如此一來，下機時，這些人蛇都成了沒有身分、沒有國籍之人，按照美國法令，是不能遣送出境的，而且移民官問任何問題，都以「No Speak English.」答之。

在這種情況下，移民廳只得把他們送往法院，但是紐約市拘留所人滿爲患，因此人蛇在留下個人資料後就可離去，等待通知再回法院。

有誰會回去？這些人蛇一出法院就如泥牛入海，消失在紐約街頭，到處打黑工去了。

但是在東南亞偷渡，哪裡需要這麼麻煩？

我不久前從新加坡騎摩托車前往泰國，先後經過新加坡、馬來西亞、泰國三個移民關，除了新加坡檢查了護照之外，其他兩處移民關都當我是透明人，無人聞問，入境、出境當然都無紀錄，簡直就是公然偷渡，一點都不浪漫。

泰國、緬甸、寮國的交界處叫做「金三角」，泰國這邊是美賽，緬甸那邊是大其力，中間只隔著寬不到二十公尺的小河，所有的遊客交個護照影本及手續費，就可以過橋到大其力逛一逛。

不過這些「正常」的手續都是給遊客用的，當地人有另外一套辦法。我有次在美賽的河邊飯店用餐，就看到對面的人涉水而來，警察還跟他打招呼呢。

在這種地方偷渡，容易到乏味的地步。

退休者的天堂

我在二○○四年大選後有次回台灣，發現很多朋友都得了選後鬱卒症，主要的原因是選舉結果與原先的期望落差太大，因此覺得台灣沒希望了，想離開；再加上與我年紀相仿的朋友泰半也到了退休的年齡，所以大家的話題很自然就轉到去哪裡退休最好。

要去中國大陸的人最多，很多人其實早已在那邊買好房子，去，只是時間的問題，其次則是美國、加拿大、澳洲、紐西蘭……等等。

朋友問我將來要到哪裡退休？我答曰根本不準備退休。因爲以我的工作來說，是可以做到鞠躬盡瘁，死而後已的。

問題是，我也不想死。

我有次勸勉孩子要把握時間，及時努力，就跟他們說，「你們不要以爲自己才十五、六歲，其實你們的人生已經過了五分之一了，像爸爸，我的人生也過掉了三分之一。」

兩個孩子掐指一算，驚呼，「什麼？你要活一百五十歲啊！」我說，「當然囉，人生這麼有意思，只要有長生不老藥，有多少，我就吞多少。」

話雖然這麼說，退休，還是可以探討一下的。

於我而言，東南亞是最佳退休地點，原因如下：

一、黃種人的世界——除了印尼之外，幾乎沒有排華問題，即使是印尼，這些年來在這方面也大有改善。我在美國住了近二十年，老實說，歧視的問題是一直存在的，只是平時潛藏起來，一有事情時，就浮現出來了。

二、生活水準低——除了新加坡之外，生活費用相較之下低得很多，許多西方人乃至於日本人，最近十多年來都流行到東南亞退休，因爲他們在本國幾乎無法靠之生活的退休金，拿到東南亞來，卻可以過相當程度的舒適生活。

兩年多前印尼巴里島發生爆炸案，兩百多名死者中，澳洲人占了絕大多數。爲什麼？因爲很多澳洲人都在巴里島過退休生活。

泰國也是一樣，許多西方的退休人士，都跑到泰國過「第二春」的生活，晚上到曼谷的聲色場所看一看，很多都是白人「老芋仔」。

三、與己無關的地方——在一定程度上，你跟當地不會發生可能會造成鬱卒的關係。譬如說你住在新加坡，李顯龍接得了或接不了班，基本上是「他家的事」；又如你住在印尼，美嘉娃蒂當選總統或是尤多約諾當選，都不至於讓你綁著白布條上街，多好。

到中國退休？一旦打起來，搞不好呂秀蓮又要問你幫哪邊？能不鬱卒嗎？

吉利的文字

東南亞國家中，幾乎每個國家都有華人，差別僅在於人數多寡。新加坡人口四百萬，華人占了百分之八十，最爲密集，華文處處可見；其他國家的大城市，如馬來西亞的吉隆坡、泰國的曼谷、越南的胡志明市（前稱西貢）乃至於柬埔寨的金邊市，都經常可以見到華文的店招。

我有次去越南首都河內採訪，空閒時去遊覽，信步走入一處古廟，赫然發現廟內牆上、碑上全是中國古字，才眞正體會到小學時所讀「越南古稱安南」究竟是什麼意思。

中國人最講究文字的吉利。在曼谷街頭見到的華人商家，店名幾乎都有個「發」字，譬如說「容昌發」、「利發」、「王成發」，有個店家取的名字叫「炎發」，其意當然是像火一般，愈燒愈發。只不過店家可能沒有慮及中文有左讀、右讀的問題，這個名字，如果從右讀，就變成了「發炎」，要去藥店買藥了。

其實，店名裡放個「發」字就眞會發嗎？

當年住在美國紐約的時候，皇后區艾姆赫斯特地段有個餐廳新開張，名字就取爲「888海鮮餐廳」，「888」是「發發發」的諧音，店主自然希望生意「發」到擋不住。只不過這家餐廳營業不到三個月，就因爲華青幫在店內火併、開槍而關門，當時華青幫的小夥子正好開了「啪！啪！

啪！」三槍，也是跟「888」諧音。

華人對文字的講究，也體現在取名字上面。

譬如說新加坡剛上任的總理李顯龍，他出生的年份，以中國農曆來算，正好落在兔年尾，與「龍」剛剛失之交臂。望子成龍的李光耀於是廣徵博覽，結果讓他找到個變通的辦法，將其愛子取名爲「顯龍」，亦即李顯龍雖然屬兔，但他降生於兔年尾，一過，龍不就來了嘛，稱之爲「顯」龍，誰曰不宜？現在也果然當上了總理。

柬埔寨總理原先官方的中文名字是「洪森」（亦有譯作『韓森』者）。二〇〇四年時，不知道哪個馬屁精建議改爲「雲升」，意思是像雲般上升，愈升愈高，柬國總理辦公室當時還煞有介事公開發聲明廣爲周知。

哪裡知道改名之後的「雲升」諸事不順，遭到反對黨抵制，一直組不成聯合政府。於是後來「雲升」不動聲色，偷偷又把名字改回「洪森」。說也奇怪，居然緊接著就跟較大的反對黨達成了交易，順利組成聯合政府。

可見得吉利的文字不見得就保證吉利。

合法—非法—又合法

在東南亞，很多可能的事會變成不可能，不可能的事卻會變爲可能。

我在二〇〇四年八月從新加坡調職到曼谷，興致勃勃藉機旅行，騎著我那輛BMW重型機車從新加坡直上馬來西亞再到泰國赴任。

一路上順利得很，除了新加坡關卡在出境時檢查了護照之外，馬來西亞及泰國的關卡根本理都不理我，就這樣騎車連過兩關長驅直入來到泰國，我在進入泰國時還故意停下來閱讀地圖，「等」移民官員過來「盤查」，可是他們眞是對我「視而不見」。我後來還把這個讓自己大惑不解的「奇遇」當作笑話講給朋友聽。

一個月之後，我要出差到印尼採訪總統大選，結果在機場移民關才發現「代誌大條」了。原來我沒有入境紀錄，是標準的「非法移民」甚至是「偷渡客」。

機場移民官把我押送回航空公司，航空公司則把已送上飛機的行李追回來。走不了啦。離奇的是，我既然是「非法移民」、「偷渡客」，卻也沒人逮捕我，就這樣又「龍回大海」，回曼谷了。

怎麼辦呢？打聽的結果更讓我魂飛魄散，原來自己眞的是「偷渡客」，必須要去移民總局接受盤查，說明怎麼進泰國，然後移民局會將我移送法院，法院則會在判處罰款之後將我交由移民局遞解出境。

問題是，一旦遞解出境，誰也沒法保證我什麼時候可以再回曼谷或甚至於根本回不來了。這還得了？我的工作在曼谷，房子也才剛剛起租，從新加坡運來的家具還在半途呢。我真的急了，到處找朋友打聽該怎麼辦？

皇天不負苦心人。我的一位泰國好友找到警界的朋友幫忙，我就按照指示買張機票飛到泰、馬邊界的合艾，由當地警察把我帶到邊境，一個電話之後，來了一位黑不溜丟的馬來人，這個人把我的護照帶過馬來西亞那頭，請馬國移民關補蓋一個出境章。然後這位警察再開車把我帶過邊界，轉一圈之後回到關卡，拿出已有馬來西亞出境章的護照，大大方方地在泰國關卡蓋章入境。

如此這般，我又合法啦。當然，錢是要花一點的，總好過在泰國移民局留下不良紀錄，甚至於還要冒不能再入境的危險。

現在，人是合法了，可是我的摩托車還是「非法入境」的「黑車」。想辦法吧。在東南亞，沒有什麼是百分之百可能，也沒有什麼是百分之百不可能。

一個人

幾乎忘記自己寫的專欄叫做「一個男人@東南亞」，直到二〇〇四年十一月到寮國首都永珍採訪東協高峰會。

由於在旅館附近發現了一家很地道的寮國餐廳，所以每天工作完之後就晃到那兒用餐，站在門口接客的小弟每次見到我都輕聲地問「一個人？」剛開始還不覺得什麼，幾天之後我心裡不免嘀咕，「你不是每天都見到就只我一個人嗎？」可是轉念一想，他有什麼錯？我不就眞的只是一個人嘛。

因爲早年在美國一間規模甚小的僑報工作，所以磨練出採訪、翻譯、拍照、沖相片的十八般武藝，因此向來是一個人工作，派到東南亞之後也一樣。

初來時，有同行介紹了位翻譯賴先生給我，所以有段時間有他作陪。後來，賴先生離開雅加達到外地作生意，我又恢復了一個人工作。

小時候看過部電影，名字好像是《午後七點零七分》，亞蘭德倫主演，是個戴著呢帽、風衣領子豎起來，現在覺得有點可笑，當年卻酷到不行的殺手。

電影一開始就是從上而下的鏡頭，他一個人躺在旅館房間的床上，只見到暗暗的身影上有個忽明忽暗的菸頭，裊裊的香煙就這樣緩緩升起、飄散。然後他起身，打開007手提箱，好整以暇地默默開始準備手槍、填彈，然後在皮鞋磕磕聲中出外，殺人。

我常常覺得自己也像這樣的殺手，每次到了陌生的地方，住進旅館後，一個人準備各種裝備，然後出門，只不過我殺的是新聞。其實在一定程度上，我還滿享受這種風蕭蕭、易水寒的感覺。

雖說如此，也有悲涼的時候。

有次遠赴非洲賴比瑞亞採訪，那時正值感情上碰到問題，一個人在那樣遙遠荒僻的地方，多希望能接到「那個人」的電話。但是沒有，掛電話去也找不到人，我永遠記得在幾天之後終於絕望，流著淚坐在奔馳於蒙羅維亞大街的車子裡，把她的電話號碼頁從電話簿裡撕下來，搖下車窗，讓那些碎紙飄散在非洲大陸的一條街上。

比較好玩的是有次回到台北，跟朋友約在來來飯店見面，我到得早，於是就先到咖啡廳坐，那位帶位小姐見到我，顯得一副不知所措的樣子，看得出來是掙扎了很久，才冒出一句，「One Person?」

她當時一定是覺得我一臉鬍子加上耳環不像華人，可是又不敢十分確定。我覺得很有意思，於是就故意逗她，用標準還捲舌的國語說，「不是，等會兒還有一位。」

人猿快沒了

東南亞有一種很特別的野生動物，叫做人猿（Orang Utan）。三十年前的台灣也經常可以見到，大多數是在廟會、夜市裡，賣膏藥的拳頭師父用牠們作表演藉以吸引客人，台灣人管牠們叫做「紅毛猩猩」，因爲牠們的毛是深橘偏紅色。

「紅毛猩猩」爲什麼叫「人猿」，因爲牠們是智能最接近人類的動物，甚至被人稱作「森林野人」。

後來，台灣保護動物的觀念抬頭了，「紅毛猩猩」就不再常見到，最後逐漸絕跡了。

「紅毛猩猩」在台灣絕跡是好事，因爲那意味著牠們的「猿權」受到保障，不再被關在僅能容身的鐵籠內，然後不時在主人的吆喝下，出籠不甘不願地爲人類表演一些呲牙裂嘴的逗笑動作。

但是現在「紅毛猩猩」已經數量愈來愈少。我在二〇〇三年到馬來西亞首都吉隆坡採訪不結盟高峰會，主辦單位特別組織了幾個旅遊行程，讓媒體記者在會後參加，其中一個是去沙勞越參觀，我立刻就報名了。

原因是年輕時曾經看過一部感人至深的日本片，名叫《望鄉》，故事是二次大戰時有不少日本女人被人口販子騙到沙勞越充當妓女，她們後來死在異鄉，由於對本身命運的怨憤，她們的墓碑全是背著日本的方向，我因此想去憑弔一下。那時的沙勞越紅燈區就在山打根，所以那部片子的日文原名其實叫做《山打根八號》。

另一個原因就是要去看「人猿」。因爲沙勞越位於華人比較熟悉的婆羅洲上，一半是馬來西亞的沙勞越，另一半則是印尼的加里曼丹，這裡本來就是人猿的故鄉。

可是，我們到了人猿保護區，左等右等，卻只見到一隻人猿。我很傷心，就去查了資料，卻發現「世界野生動物基金會」已經提出警告，指出人猿有可能在二〇〇五年前滅絕，主要原因是商業化森林砍伐、農業開墾和種植棕櫚樹等，使得人猿生存的自然環境遭到破壞；此外，偷獵、非法買賣、森林火災也給人猿的前景帶來嚴重威脅。

我在想，人猿如果智能更高，牠們死後，可能希望墓碑朝向太空。

宗教是門大生意

我一直認爲宗教是門大生意，來到東南亞六年多，更是加深了這個信念。

二十年前在美國採訪「江南命案」，當時「竹聯幫」的「軍師」向拔京曾經列出在美發展的「十大計畫」，其中一項就是在華人聚居的蒙特瑞公園市蓋廟。他們的想法自然是蓋廟來賺錢。

東南亞國家裡，緬甸是著名的佛國，中部的浦甘更有「萬塔之城」的美譽，什麼塔？當然是佛塔。

但是緬甸最出名的佛塔還是首都仰光的大金塔。這個金塔高一百多公尺，周圍有六十四座小塔環繞，塔身貼滿了金箔，光是主塔上的金箔就重達七噸，塔頂的寶傘上鑲有數千顆紅寶、藍寶、翡翠，是緬甸人心目中的聖地。

我到了大金塔，當然也欣賞這些。但同時也注意到大金塔的另一特色，那就是什麼佛都有，甚至有尊佛居然是專供癮君子參拜的，拜這尊佛不用點香，點的是香菸，法相莊嚴的佛面前竟然是一排香煙裊裊的菸，那種畫面確實相當詭異，我當時就想，緬甸是毒品生產大國，也許這些參拜的人裡有不少是毒販吧？換句話說，任何人到了大金塔，幾乎都可以找到適合自己的佛參拜一下，簡直就是一網打盡。

廟裡的奉獻箱加了四個鎖。

另外一個特色就是奉獻箱特多，可以用滿坑滿谷來形容，不但每尊佛像前至少有一到兩個，還有些完全不相干的地方也放置著奉獻箱。

緬甸是東南亞有名的窮國，雖然盛產寶石，老百姓的生活卻相當困苦。我見到那麼多善良的緬甸百姓跪在地上拜各種佛，把辛苦賺來的錢投入奉獻箱，就不禁想，「這些佛到底保佑了你們什麼？你們爲什麼生活還這麼苦呢？」

有次到越南參觀佛寺，因爲尿急而繞到寺院後找廁所，沒想到給我撞見和尚及

緬甸首都仰光的大金塔。

廟內的工作人員在數鈔票。房間裡一張長桌，坐了至少二十人，長桌上堆滿了鈔票。我就想起了向拔京的蓋廟計畫。

不久之前，泰國沙繖府一處寺廟發生住持將善信捐款捲逃的事。那次是該座寺廟爲剛建竣的佛殿埋石柱兼貼金箔，許多信衆前來參加並捐贈善款，一星期的善款就高達兩百萬銖（美金五萬），結果事後卻被住持捲逃。

新加坡有座著名的百年寺廟叫做「雙林寺」，一進去，簡直像個菜市場。爲什麼？因爲信徒供奉的東西包括了豬肉、蔬菜、水果，不但每尊佛的前面有這些供奉品，連門口那隻石獅子的嘴裡都叼滿了豬、牛肉，眞是奇觀。而且廟裡的執事人員不時就來清理，把那些供奉品收起來，免得後來的人沒地方擺供品。

「雙林寺」的奉獻箱上都是英、華雙語，似乎深怕別人看不懂那是奉獻箱。新加坡的科技水準較高，爲防宵小偷錢，有的寺廟竟然有自動轉帳機器讓人捐錢。

泰國曼谷的一些寺廟也很妙，奉獻箱是上了鎖如假包換的保險箱。這些佛，連自己的錢都得靠保險箱來保住，還能保佑你什麼？

東南亞的和尚

從小，對和尚的印象就是六根清淨的出家人，一襲袈裟、葷腥不沾，從早到晚不是拿著竹掃帚打掃寺院，就是在寺內誦經禮佛；再不然，就是在人家的喪禮上，見到他們在香煙繚繞中揮著拂塵，爲人超度。

可是這種刻板印象，到了東南亞之後卻被顛覆了。

第一次被顛覆是在柬埔寨的吳哥窟。那次逛累了，有點尿急，一眼把到旁邊有人居住的屋子，心想一定有廁所吧，於是就繞過去，結果發現是和尚住的地方。

東南亞的屋子多是高腳屋，那間屋欄上卻橫七豎八地晾曬著黃色的袈裟，說有多亂，就有多亂，跟台灣和尚的整齊、清潔、簡單、樸素，好像不太一樣呢。

轉到後面，更讓我下巴都掉下來。一棵大樹上綁著好幾個吊床，幾個和尚躺在上面，一隻腳還掛在外面，每人嘴上叼著根菸，正在那邊大擺龍門陣。

東南亞的「佛國」有柬埔寨、泰國、寮國、緬甸。新加坡的佛教徒也占了全國人口百分之七十以上，不過他們信的是與台灣類似的大乘（北傳）佛教，僧侶的生活嚴謹得多，即使吸菸，恐怕也是躲起來偷偷吸吧。

可是前述四個「佛國」的和尚卻不一樣，他們是公開吸菸。我甚至還見過一路走一路噴雲吐霧的和尚。這個現象，問題出在於這些國家的男子一生中總要有段時間「出家」一下，由於不是「職業」出家，因此很多惡習根本改不了也無須去改，所以吸菸就繼續吸，也沒人會覺得奇怪。

東南亞的和尚還有個習俗很特別，就是他們喜歡在身體紋上各種避邪的經文，有些也加上虎、豹、龍、蛇的圖案。

湄公河邊的僧侶。

有次到寮國首都永珍採訪，空閒的時候當然不免四處遛達，造訪一下當地著名的佛寺。結果一間佛寺正在重新整修，修葺的工作由廟內的和尚親力爲之，擔任「工頭」的和尚裸著上身，胸膛、臂膀上全是刺青，嘴上叼著根菸吆喝來、吆喝去，十足一副「魯智深」模樣，其他正在做工的和尚也十之八九嘴上含著根菸。菸頭，當然滿地都是。

東南亞的和尚一天吃兩餐，但是他們自己是不開伙的。每天早晨，在市集裡就會出現很多托缽和尚化緣，市場的攤位上早都準備好一袋袋菜、飯、水果、飲料一應俱全的「緣飯」，供人買去供養和尚，出來化緣的和尚通常後面還有個跟班，幫他提化緣來的「緣飯」，否則他一個人，根本提不了這麼多。

和尚在社會的地位也高，公車上、渡輪上都有他們的「保留座」，有些外國遊客搞不清楚一屁股坐下去，當地人都會毫不客氣地請他離座。婦女們在公共交通工具上遇到和尚，也都會自動迴避，不敢跟他們站在一起。

丐幫

東南亞十個國家中，很多都有乞丐，但是每個地方的乞丐又不太一樣，有的地方是單幹戶，有的地方則是有組織的「丐幫」，泰國的社會發展部最近就計畫對曼谷市的「丐幫」下手，徹底予以瓦解。

我第一次到印尼是在一九九八年，那時金融風暴剛剛開始，印尼盾貶到一美金兌一萬二的程度。我記得很清楚，當時我和司機、翻譯三人到餐廳吃飯，一餐下來有肉、有菜、有飯外加水果、飲料，結算下來才美金三塊多，這是我至今對印尼印象最深的一件事。

在那種情況下，印尼老百姓的生活當然艱苦無比，幾乎每個路口都有黝黑的印尼小孩、少年，在車輛停下來時抱著吉他走到你的車邊，胡亂的彈兩下、唱幾句，然後就拍車窗要賞錢。

由於我自己也準備退休後到街上抱著吉他當「帶著樂器的乞丐」，所以對於這些小「同業」頗有幾分同情的心理，但是我的翻譯賴先生警告我絕對不要開窗給錢，因爲他們有時會趁你開窗而搶劫，因此我也從來沒給過他們錢，而且他們也眞的不太「敬業」，彈琴、唱歌都只是作樣子而已。

倒是有次到茂物採訪，車子在半途經過一處十分擁擠的路段，塞在那裡動彈不得，我往窗外一看，眞是不得了，路邊滿滿一整排穿著回教服裝、抱著孩子的印尼婦女在行乞，我從來沒有見過這種場面，故而下車拍照，也施捨了一些錢。

這些年印尼的經濟情況雖未恢復但也回穩了一些，因此比較少見到乞丐，倒是在街口穿梭車陣中的小販、報販，還是跟過去一樣，沒什麼改變。

柬埔寨長年戰亂，百姓生活困苦是很自然的事，尤其許多人在戰亂中被炸斷手腳，一定程度上喪失了謀生能力，因此乞丐特別多，尤其在觀光客多的地方，這種現象格外明顯。

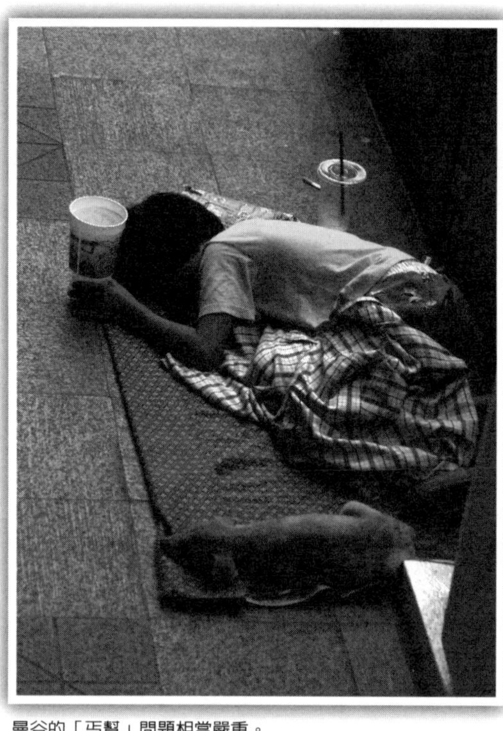

曼谷的「丐幫」問題相當嚴重。

金邊市有個觀光客必到的中央市場，就有很多這樣的乞丐，他們缺手缺腳又很會纏人，有的還會袒胸露背，露出身上的疤痕，弄得你不給錢都會有很深的罪惡感。

我印象最深的一位則是在吳哥窟遇見。他面容滄桑、右腿齊膝鋸斷，想必是中了地雷的結果。他不伸手乞討，而是坐在地上拉二弦琴，一身黑衣、一頂黑帽，選的地方也不是遊人如織的地點，而是一處僻靜、滿是高棉雕塑的迴廊，你在觀賞這些精美雕塑時，就聽到不知從何處飄來的淒惋琴聲，走著、走著，迴廊的盡頭，他就在那裡靜靜地拉琴，走過他身邊，甚至在琴盒裡放了錢，他都很少抬頭望你一眼。

曼谷的乞丐跟別處又不太一樣，基本上是純乞討，但是根據泰國政府的調查，很多乞丐都受「丐幫」控制，「丐幫」甚至還從鄰國如柬埔寨進口「乞丐」來營業，很多成人乞丐手中的「道具」兒童，根本就是「丐幫」租、買甚至綁架來的，「丐幫」每天早上將這些「作業員」送往各據點，晚上再「回收」，一天下來收入全被「丐幫」收去，只分一些零頭給這些「職業乞丐」；通常，一組大人、小孩的乞丐每天可以討得八百泰銖（美金二十元左右），但他們實際上只能分得一百泰銖上下。

曼谷之所以有「丐幫」生存的空間，是由於有太多觀光客，這些來自歐美國家的遊客，見到面容淒苦的婦女，懷中還抱著嗷嗷待哺的孩子，就很容易動惻隱之心，可是他們不知道自己的慈悲卻助長了犯罪。

從這個觀點來說，徹底予以掃蕩，未嘗不是件好事。

夜不閉戶

前陣子與一位新認識的泰國華裔聊天，他說小時候住在離曼谷大約兩小時車程的羅勇省，家家戶戶晚上睡覺時都開著門。這種情況，我只在小學課本裡讀過，叫做「路不拾遺，夜不閉戶」，現實生活中則難以想像，從小，我們得到的告誡就是要小心門戶。

東南亞國家中還有些民風淳樸的地方，譬如說寮國、緬甸。我在二〇〇四年到寮國首都永珍採訪東協高峰會，認識了位《永珍時報》的新朋友，他就頗有些自豪地對我說永珍沒有娼妓的問題，治安也好得很。

他說得沒錯，我所住旅館的電梯裡就有個告示，說是希望顧客尊重寮國的善良風俗，不要將朋友帶進客房，要會面也應該在旅館大廳爲之。從好的方面看，可以說永珍確實還沒有娼妓這方面的問題，但是既然要公開告示，恐怕遲早也難免。

一般來說，共產國家的治安都較好，因爲滿街軍、警，管得嚴格，但是一旦走上開放的路，貧、富差距出現之後，道德觀念就開始讓路，治安慢慢就敗壞了。

我在四年前首度去越南，朋友請在餐廳吃飯，離開後我突然發現那支名貴的「萬寶龍」筆遺忘在餐廳，雖然才離開不到五分鐘，我的朋友卻說，「完了，完了，一定沒了。」回頭去找，果然沒有了。朋友解釋說，一定是侍者拿走，他們也未必認得出那是支名筆，但是絕不會有人承認拿了。

後來去的次數多了，對於這種小偷小盜也習以爲常，有時還覺得好笑。譬如說有次親眼見到一位韓國人，在胡志明市的大街上用手機跟人講話，講到一半，手機被騎著摩托車的越南人一把搶走，口中急得大叫「喂！喂！喂！」右手還是原先拿著手機的姿勢舉在耳邊呢。

我在越南，照相機從來就放在袋子裡，只有要用時才拿出來。

我有位住在河內的朋友買了新車，卻一直不取車。問他爲什麼？他說舊車還沒處理掉，家裡的車庫只能停一輛，因此要等到賣掉舊車之後再去取新車，否則如果停在路邊，第一天，四個輪胎就會不見，第二天，可能引擎都沒有了。他說，「這是百分之百會發生的，沒人敢冒這個險。」

我在七年前去柬埔寨，朋友帶我參觀金邊市的皇宮，由於快到關門時間，就把車子停在大馬路邊匆匆進去參觀，走馬看花不到十五分鐘就出來，結果他那輛車身上的橡膠保護飾條全被人拔光了，後視鏡也少了一個，眞讓我過意不去，但是就在大馬路邊也會這樣，讓人不敢相信。

這些，都比不上多年前在印尼首都雅加達發生的一件搶案，有位華人婦女手上戴著名貴鑽戒上街，搶匪居然把她的手指斬斷搶走戒指。

夜不閉戶？恐怕以後只有在夢境中才會出現。

摩托車絕技

東南亞國家裡，有好幾個地方的老百姓都以摩托車作爲重要的交通工具，而且根據個別不同的情況，使用摩托車的目的及方式也各有差異。

譬如說塞車最嚴重的雅加達、曼谷，一般老百姓騎摩托車的固然不在少數，但是更多是把摩托車用來作「計程車」。

我在一九九九年到印尼採訪國會大選，在雅加達足足待了一個月。印尼的選舉活動是嘉年華式的遊街造勢，平常的交通已經寸步難行了，競選活動一開始，那更是行不得也。進進出出的最佳選擇，就是倚賴可以鑽來鑽去的計程摩托車，這種計程車叫做「歐傑克」，幾乎每個路口都有，價格便宜到我根本回想不起來究竟是多少？不過當然還是要事先議價的。

曼谷也一樣，每個街口都有計程摩托車，而且比雅加達有系統的多，這些計程摩托車駕駛每人都穿著有號碼的鮮黃色背心，很好認。曼谷的塞車十分嚴重，再加上很大一部分人買不起汽車，所以使用大衆交通工具的人愈來愈多，可是曼谷捷運、地鐵的覆蓋率相對不足，計程摩托車就起了很重要的補足的作用，同樣的，事先講價很重要，更重要的是要殺價，否則外國人一定會被敲竹槓。

作者採訪印尼國會大選，各候選人遊街造勢，使交通寸步難行。

這些摩托車騎士靠這行吃飯，技術當然很好，可是他們的技術具體呈現在車陣中的穿梭，有時眞會把乘客嚇死。

另一個摩托車多的國家就是越南，只不過越南有的都是私人摩托車，並非用來作爲載人的交通工具，因此風景自然不太一樣。有次在河內約位朋友吃飯，她盛裝而來，穿的是幾乎類似晚禮服的越南傳統服裝，飯後送她出去，發現她居然是騎摩托車來赴約的。

在越南，全家四、五口擠一輛小摩托車是司空見慣的事，但是最稀奇的是他們有本事邊騎車邊打行動電話，先不說單手騎車多危險了，在那樣嘈雜的街頭，居然能夠騎在摩托車上談笑風生，我眞佩服他們。

胡志明市有很多小偷、小盜，其中有不少是騎摩托車行搶，所以在胡志明市街頭行走，手機、相機絕對不能露白，否則遭搶的鑾帕拉攀女子騎摩托車打傘。

機率聽說是「百分之百」。這些摩托車騎士的技術當然要好，出手才能狠、準，最重要的是得手後還要逃得快。

東南亞很多國家的氣候都很炎熱，因此各自也發展出防曬措施，但是最有意思的是寮國古都鑾帕拉攀（Luang Phrabang），那裡的女人幾乎都打著陽傘騎摩托車，有的是自己單手舉著傘，有的是後座乘客幫忙打傘。這些都不稀奇，稀奇的是有些女摩托車騎士，可以騎在摩托車上單手收傘、開傘。眞是嘆爲觀止。

內外有別

很多年前到中國遊覽，發現在很多方面，外國人與中國人有差別待遇，在許多場所，對外國人有另一套收費標準。簡而言之，外國人付的費用遠超過中國本地人。那時我住在美國，自以為很有民主自由精神，相信人人生而平等，所以認為那樣也是種歧視，因而頗不以為然。

現在已經事隔七、八年沒再去過中國，從報章雜誌的報導中了解到中國近些年發展神速，老百姓的手頭也較過去寬裕得多，實際上見到前來東南亞一帶遊玩的中國旅客表現得都十分闊氣，因此頗好奇中國過去那種內外有別的收費方式是否已有改變。

話說回頭，東南亞一帶貧窮的國家有好幾個，也都還存在前述現象，只不過我現在人住在其中，才覺得那種差別待遇也許是必要的。

譬如說在寮國首都永珍參觀佛寺，外國人付的費用是本國人的好幾倍，可是儘管如此，也不過就是美金一元上下，對於外國遊客來說，實在算不了什麼，可是寮國人的平均收入每個月也不過就是二、三十美元，參觀博物館就要花一元，眞是太貴了。

如果要統一收費，那麼就不外兩個方式。比照外國遊客的收費標準，寮國老百姓恐怕很多人都會覺得負擔頗重，變成無法欣賞本身文化的下場；比照本國老百姓收費，收來的蓋蓋之數，也恐怕不能應付日常維護開銷，所以只能差別收費。

泰國在東南亞已經算是經濟水準不錯的國家了，但是有些場合的收費還是內外有別。最明顯的就是泰拳比賽，「老外」的票價比「老泰」足足多出一倍，連買票的窗口都不在一起。

金髮碧眼的「紅毛」當然不用說了，只好乖乖地去買老外票；即使同樣是東方人，想矇混也不容易，那些收票員都經驗老到，看到可疑人士就考一考泰文，很多人就是這樣「失風被逮」，尷尬地去補票。

我這個人可能是變色龍投胎，去到什麼地方，就像什麼地方的人。當年常去印尼跑新聞，很多人都當我是印尼人，回到台灣，老朋友見到我都驚呼，「怎麼黑成這個樣子？」

我跟他們說這是保護色，印尼那麼亂，像印尼人才好，不容易出事。我沒有騙他們，就是因爲要去印尼採訪，我那時每天中午游泳，故意曬得黑黑的，後來接到朋友傳來電郵，說是正午的太陽曬多了會得皮膚癌，才嚇得我停止「印尼化」。

來到泰國，居然也經常被泰國人認作是「同胞」。我本來還不相信，結果有天尿急去一間寺廟找廁所，門口有個收費告示，只見得上面有「泰銖十元」的字樣，其他都看不懂，也不確定是否廁所收費，只好用簡單的泰語「多少錢？」問坐在門口的先生。

結果他說「五元。」也許他看我有些疑惑的樣子，就嘰嘰呱呱開始解釋，講了半天，我只聽懂「老泰五元，老外十元。」

很顯然地，他也把我當成了泰國人。

巴迪克的好處

搬到東南亞之前，在美國住了長達十九年，吃的、穿的，當然很洋化。來了東南亞之後先住在新加坡，這是全東南亞最洋化的地方，一切都和美國沒有太大差異，唯一不同就是一年到頭都熱。不過，這倒讓我體會出傳統服裝的好。

第一次接觸到傳統服裝，是五年前到泰、緬、寮邊界的金山角地區，從泰國的美賽到緬甸的大其力，就是短短的一座橋，泰國這頭經濟活動較活躍，攤販櫛次鱗比，其中一款衣服吸引了我，藍布、圓領、棉布、兩個大口袋、寬寬鬆鬆，在東南亞的烈日下，光是看著就覺涼爽。一問價錢，美金五元，討價還價，三元成交。怪怪，在美國，嚼兩下口香糖就沒了，在這裡居然可以買件衣服。

之後回旅館立即換上，還眞是舒服。首先，棉布吸汗透風，不像很多西式服裝是人造合成纖維，穿起來汗搗在裡面，說有多難過就有多難過；跟著就發現了圓領的好處，西式衣服都有領，汗當然容易沾在上面，貼在脖子上自然不會舒服，也因爲如此，西式襯衫的領口最容易髒污，也比較不好清洗，我從前有很多衣服其實狀況還好，就是領子長久的污跡難以清理乾淨，只好提早報銷。

圓領衣則沒這種顧慮，前述的那件圓領衫，其實就是泰北農民在田間作業時穿的衣服，距當初買至今已有六年歷史，我還在穿。

後來到了印尼、馬來西亞，就發現了更好的傳統衣服——巴迪克（Batik）。巴迪克的好處在哪裡呢？第一，巴迪克可以當作正式服裝，再正式的場合，只要穿著長袖的巴迪克就不算失禮，經濟情況好的，就選絲質的穿，差一點，穿棉質的也不會引人側目。這在天氣炎熱的東南亞，對我來說簡直就是福音，不必打領帶，不必穿西裝，太好了。甚至於現在搬到曼谷，遇有正式的場合，我都假裝自己是馬來人，穿著巴迪克出席。巴迪克的另一特色就是色彩繽紛、圖案繁複，除了有濃厚的地方色彩之外，其實還有更有趣的特色。

我搬到曼谷之後，由於孩子都已離開，所以不再雇用幫傭，一切自己動手。結果我在熨衣服時發現，巴迪克可以隨便熨兩下，意思到了就好。因爲巴迪克的「重彩」，衣服如果熨得不工整，基本上看不出來，不像西式的單色襯衫，熨歪的縐褶明顯易見。

更偉大的發現就是，很多時候即使衣服縫線扯脫，甚至於扯裂或破了些小洞，居然也看不出來，燙得平平的，看起來還像新衣。

我現在就常常穿著「破衣」上街，別人還直誇好看。多好。

隔鄰有耳

女兒乘著假期到曼谷來看我，自然不能免俗帶她參觀曼谷的景點，有天參觀大皇宮時走乏了，坐在小店內喝飲料，鄰桌有位導遊正口若懸河地操著我聽不懂的語言跟客人談笑風生，女兒卻豎著耳朵在聽。

離開的時候，女兒迫不及待也很興奮地告訴我，她可以聽懂他們在說些什麼。原來，她在學校修的第二語言就是西班牙語。

這種「隔鄰有耳」的情況在東南亞是屢見不鮮的，不過卻跟西班牙文無關，而是華語。東南亞國家多半與華人關係密切，所以在很多想不到的地方，都會碰到懂華語的人；再加上除了馬來人皮膚較黑，五官也與華人略有區別之外，許多人並不太容易分別出誰是華人，誰又不是，而要用會不會說華語來分辨對方是否為華人，有很多時候竟會「槓龜」呢。

三年前，到北越的下龍灣遊覽，在當地一間餐館用餐，那位年輕的老板娘清秀可人，一頭黑黑的長髮直瀉而下，穿著傳統的越南服，是如假包換的越南人，結果一開口，卻是標準的京片子。難得的是，她的華語全是自修成功。

越南最近十多年來致力發展，有愈來愈多的人學習華語，因此像這位老板娘的情況也會愈來愈普遍。

我的一位朋友在泰國曼谷的觀光夜市開間小鋪子。他的穿著、打扮放任不羈，單從外表，很少人會判斷他是華人。

觀光夜市，顧名思義，當然有很多觀光客造訪，其中自然不乏來自中國、台灣、香港的華人。由於直覺上不把他當華人，所以顧客有時會當著他的面用華語批評這、批評那，甚至於互相研究如何狠狠殺價。碰到這種情況，他都裝著聽不懂，但是對方的底線他都一清二楚，所以很容易做成生意。

很多時候，他也會看準時機，適時冒出華語，達到讓對方「他鄉遇故知」的驚喜效果，更大大提高做成交易的機會。

曼谷市大皇宮、玉佛寺附近的攤販，也幾乎人人都會基本的華語會話，觀光客一高興，就買東西了。

最讓我覺得興味無窮的一次，是不久前從中、越邊界坐中型巴士到河內市。

那次車行一個多小時後，我身後一位中國乘客和鄰座的越南小姐搭訕起來。那位越南小姐其實是華裔，所以會說華語。

有意思的是，那位越南小姐並不是獨行，她的男朋友就坐在她與那位中國男子的中間，可是男朋友卻不懂華語。

中國男子與那位越南小姐顯然聊得很投機，最後，中國男子居然隔著越南小姐的男友，公然向她提出約會的要求。還說道，「哎呀，沒關係嘛，只是交交朋友。」

越南小姐的男友閉著眼睛睡覺，毫無反應，可是這些對話卻被「隔鄰有耳」的我聽得一清二楚。

仿冒天堂

三、四十年前的台灣，眞是仿冒的天堂，那時中山北路上的唱片行、外文書店裡全是翻版唱片、書籍，便宜得一塌糊塗，很多留學生到了美國確定了教科書，還寄信回台灣，要家人趕快去代買翻版書呢。

曾幾何時，現在雖然還有不少仿冒的衣服、球鞋等等，但是翻版唱片、書籍在台灣可以說大體上已經絕跡了。

不過不要絕望，東南亞許多國家現在正翻版得風生水起，到這些地方旅遊，絕對有機會大買特買。

東南亞的「翻版大國」分別是馬來西亞、印尼、泰國、柬埔寨、越南，而且根據各國發展的狀況，翻版的範圍、種類也有差別。譬如說柬埔寨，一般人使用電腦的情況並不普遍，因此電腦軟體的翻版很少見，在金邊市俄羅斯市場內充斥的是音樂CD及影碟，不過品質差了一些，音樂CD有些跳段得很厲害，影碟的畫質、聲音都多少有些問題，但是由於價格實在便宜，很多觀光客趨之若鶩，等到發現問題，多半已經回到各自的國家，也只能徒呼負負了。

泰國由於攤販多，因此翻版的音樂CD及影碟可以說滿街都是，品質則有好有壞，需要賭運氣。

以音樂DVD來說，翻版的價錢大約是正版的五分之一，瑕疵的比例則約是三分之二，也就是平均買三片，會有一片完全沒有問題，其他兩片在聽過幾次之後，就會出現一些問題。

這些翻版的東西，如果出了問題是可以退換的，不過奇怪的是，在你家的機器上有問題，但是到他們的機器上一放，嘿，好好的，總不能因此而換台機器吧，只好再帶回家。

即使這樣，掐指算算還是划得來。所以翻版攤販的生意依舊十分火熱。

曼谷市碧武里路的攀蒂廣場大樓是販售各種翻版貨品最有系統的地方，一進門，就有販售員追著你，亮出一疊圖片讓你選擇，每間小鋪子也都只展示圖片，選定之後，對方就會先收錢，然後給你一張寫著號碼的小字條，要你半小時之後取貨。幹什麼呢？原來他們去為你當場製作翻版了。

至於各種翻版的衣飾、鞋子、包包，那更是滿街都是，買到不是翻版的，才叫做奇怪。所以很多泰國人滿身名牌，手上帶著勞力士錶，口袋一掏出來，就是支萬寶龍筆。

印尼也是一樣，雅加達、巴里島都有很多翻版貨，不過品質顯然差了些。我曾經在一座頗有規模的購物中心買過幾片DVD，回新加坡之後才發現都不能用，直接進了垃圾桶。

眞假莫辨

在經濟發展的過程之中，仿冒、盜版好像是必經之路。

中國大陸現在經濟成長火紅一片，仿冒當然也是如火如荼。我那正値青少年期的兒子五年前去中國旅遊，什麼故宮、天安門、長城都沒什麼印象了，唯獨難忘以賣仿冒衣飾出名、如今已經拆除的秀水街，也還津津樂道在那裡買的名牌才洗兩次，那個至關重要的標籤就褪色甚至脫落了。

更讓我笑掉大牙的是有次讀新聞，居然讀到廣東省有人賣仿冒雞蛋，其眞假莫辨的程度已經到了回家敲蛋下鍋時，才會發現買的是假貨。我只覺得奇怪，雞蛋的經濟價値這麼低，也有人要仿冒？

提起仿冒，東南亞國家也不遑多讓。泰國、印尼、越南、馬來西亞都是仿冒大國，而且很多都是正式開店堂而皇之的擺賣。

發生過恐怖爆炸案的印尼巴里島庫塔購物區，就是仿冒品大本營，美輪美奐的商店裡，有些整間店都是仿冒商品。而且現在的仿冒品愈來愈精良，常常讓人覺得「幹嘛要買眞的？」我的女兒就曾經對我說，「爸爸，你就算是用眞的，別人也以爲是假的，何必花那個錢？」眞是知父莫若女。

她說的其實一點沒錯，所以我現在是從頭假到尾，唯一不假的，就是從美國一直用到現在的「萬寶龍」筆。

前陣子女兒、兒子學校放假，從美國來看我，我就帶他們作了一趟越南之旅。有天在胡志明市逛街，無意間撞到一家破破爛爛的文具店，裡面居然陳列的都是名牌筆，還有一排我慣用的「萬寶龍」，一問之下，果然都是仿冒品，平均一支才六、七元美金，還附帶精美的筆盒呢。

女兒、兒子興奮得很，每人選購了七、八支，一支自用，其他就帶回美國送人。

這些筆眞是做得維妙維肖。我以前曾經在前述的巴里島庫塔區買過仿冒萬寶龍，那些筆製作得是不錯，但缺點是不能用眞正的萬寶龍筆芯，因此以後會有痲煩；更早的時候，也曾經在美國紐約市的唐人街買過仿冒萬寶龍，那就更差了，特別是標誌雪蓋的六個角做得十分尖銳，一看就知是假貨。

但是這次在越南買的完全不一樣，外表看起來非常精美，拿在手中掂掂重量，居然也頗有眞貨的質感，更重要的是，這個仿冒品可以使用正牌的筆芯。

女兒、兒子回美國前整理行李，我見到那批假萬寶龍，一時好奇又拿起來把玩，同時把我身上那支眞貨拿出來比較，還眞是難分軒輊。

兒子回去後從美國送電子郵件來，說是他懷疑我當時眼花，把玩之後把眞貨給他了，因爲「這支筆眞的用起來一點問題都沒有。」

我趕快檢查一下自己的那支筆，也沒有問題呀？不過兒子說他不會把那支送人，有機會還要送去店裡鑑定一下。

過了兩個星期，我突然發現手中的這支有些異樣，在筆頭的部分居然出現了很小的鏽斑，於是「驚惶萬狀」地掛電話給兒子，要他千萬別處理那支筆，因爲「那支很可能是眞貨。」

至於我嘛，反正別人也不會相信我用的是眞貨。

不可能的任務

馬來西亞有一陣子因爲連續多起中國婦女遭到馬國警方不公平對待及侮辱大爲尷尬。其實類似事件發生過好多次。有次是三名中國女子被警方拘留，警方顯然把她們誤當作延期居留或非法入境從事淫業者對待，因此在言語、態度上有諸多不當之處。

然而就事論事，之所以會發生這些警方執行上的偏差，根本的原因是中國女子利用各種身分及方式，到東南亞國家從事色情行業的情況太過普遍，甚至於造成相關國家的社會問題，也引起當地人民反感，進而導致部分警方執法人員不自覺戴上有色眼鏡看待中國女子。

就算是區域中執法最守分、最嚴謹的新加坡，都在近兩年前發生過類似的案件。當時警方人員在星國組屋區的咖啡座截獲兩名打扮入時的中國女子，由於當時她們並未隨身攜帶身分證件，警方於是將她們帶回警署調查，折騰了相當時間之後才證實她們的確是持有合法身分者。

問題是事件發生時，正值中國流鶯改變營業策略，離開傳統的芽籠風化區駐點，開始大舉入侵組屋區，方式則是在組屋區的咖啡座尋找「獵物」，其「草木皆兵」的程度，使得許多組屋區的家庭主婦都主動組成「守望相助」小組，在所住的區域內巡邏，見到可疑的女子就報警。前述兩名女子因爲穿著入時而被誤認爲「雞」，在當時的時空下，其實是可以理解的。

那麼，中國女子在東南亞從事淫業的情況有多嚴重呢？

根據馬來西亞政府所公布的數據，涉嫌在馬國賣淫的華人女性在過去五年內增加了五倍之多，在賣淫場所中逮捕的華人女性人數由二〇〇〇年的一百九十六名，急劇提高到二〇〇四年的一千八百二十一人，二〇〇五年的頭五個月就已經有超過一千名華人女性遭到拘捕。

馬來西亞沙勞越州的警方不久前還表示考慮向州政府建議，禁止中國單身女性入境，以杜絕州內嚴重的賣淫問題。

新加坡的情況也好不到哪裡去。二〇〇四年八月間，新加坡警方曾在芽籠以及東海岸的如切、丹戎加東一帶展開大規模的掃黃行動，一舉逮捕了來自八個國家的兩百二十名流鶯，其中就有一百三十三名是來自中國。

其他如泰國、印尼、柬埔寨等國的聲色場所中充斥著「大陸妹」，早已不是新聞。印尼首都雅加達的華文資深媒體工作者鄧通立就表示，「太多了，警方每次行動一捉就是幾百人，哪裡捉得完？」

事實上印尼已經宣布將嚴格限制三十歲以下中國婦女的入境簽證，因爲以該國目前的經驗，在印尼從事賣淫活動而被逮捕的中國女子絕大多數都在三十歲以下。不過印尼司法兼人權部長阿瓦弩丁也承認，許多印尼主要機場的海關及移民官員都涉嫌接受賣淫集團賄賂，執行起來成效確實頗有疑問。

泰國首都曼谷警方曾在二〇〇五年七月間採取鐵腕行動掃蕩，「大陸妹」被捉之後，許多營業場所居然因爲沒有小姐而被迫停業，「大陸妹」影響之大已可見一斑。

只不過，供需市場一直熱絡，想要徹底阻絕「大陸妹」，只怕是件不可能的任務。

大快人心

走紅於七○年代，本名保羅．法蘭西斯．蓋德的搖滾紅星蓋瑞．格里特二○○五年十月在越南被捕，當時他正準備搭機前往曼谷。他去曼谷並不是要遊覽，因爲他涉嫌在越南與兩名分別是十一歲、十二歲的女孩同居，越南警方據報後準備逮他歸案，他想逃，只是沒逃成。

讀到這個新聞，別人怎麼樣我不知道，我覺得大快人心，也希望格里特自此就在獄中腐爛，不要再放他出來。

我爲什麼這麼恨他。

因爲他是全世界最惡名昭彰的性虐兒童累犯。

一九九九年時，格里特曾經在英國被判刑四個月，罪證是他從網路下載兒童色情圖片及資料，他坐了兩個月的牢就出獄，結果跑到柬埔寨；二○○二年時他被柬埔寨列爲不歡迎人物驅逐，理由是「危害國家安全及柬埔寨形象」，其實大家都心知肚明他在搞些什麼。

這麼多年來，格里特一直遊走在法律邊緣，這次在越南恐怕不太容易過關，因爲越南法律明文規定與未成年少女發生性關係，最高可以判刑十二年；另外，如果女孩不超過十二歲的話，不管女方是否願意，都可被認定爲強姦幼童，最高可判處死刑。

我希望越南警方努力蒐證，不要讓格里特脫身。他當年在英國被判刑，其中一張罪證圖片竟然是兩歲女童受性虐待。這種人，留著幹嘛？

格里特其實並不是特例。二〇〇五年十月間，泰國警方逮捕了一名紐西蘭籍、名叫威廉·萊安占士的英語教師，並在他的住處發現六名十二至十五歲之間的男童；同年稍早，芬蘭起訴一名男子，因為在過去十六年間，他到過泰國二十六次，每次都是專程來褻玩泰國男童，被起訴的案例竟然高達駭人聽聞的一百六十三起；二〇〇四年二月間，柬埔寨警方也逮捕了一名加拿大男子，理由是他雞姦二十名十三至十五歲的柬國兒童。

這種現象在東南亞國家的幾個國家普遍存在，最主要的原因就是人民生活困苦，就讓這些也不見得就是很有錢的西方人有可乘之機，跑到東南亞為所欲為，回國後還大肆宣揚，引得更多「人渣」到東南亞進行縱慾之旅。

我在一九九七年首度到柬埔寨採訪，看到那些和我女兒年紀相仿的雛妓，童稚的臉上化著紅紅綠綠的妝，出賣肉體的所得僅夠我女兒在美國買一條口香糖，當時一面拍照，一面眼淚就流下來。

前述這幾個人，所拐帶的還不是已經無可奈何入行的童妓，而是尋常人家小孩，這種擺明用經濟優勢占人便宜的惡劣行徑，更加令人不恥。

所以，我希望他們全都在獄中腐爛。

沒事了！

二〇〇五年十月十九日，走紅於七〇年代的搖滾紅星蓋瑞．格里特正準備搭機「逃往」曼谷的時候在越南被警方逮捕，原因是他涉嫌與兩名分別爲十一及十二歲的越南女孩「發生性關係」。「發生性關係」其實是個正常的名詞，一般係指成年人之間兩廂情願的事，但是這個詞卻絕不適用於格里特。因爲他是全世界最惡名昭彰的性虐兒童累犯，這次他被逮捕，牽涉到的兩個女孩又都這麼年幼，用肚臍眼想都知道是怎麼回事。

他被逮捕之後，初步的調查也顯示出就是那麼回事。那兩個跟他住在一起的女孩都已經不是處女了，兩人也都在警局盤問時指證格里特跟她們進行性交。

在越南，只要是跟十二歲以下的孩童發生性關係，不管對方是否願意，都算是「強姦幼童」，最高的刑罰是死刑。我認爲到處橫行狎玩幼童的格里特這次應該難逃法網，這眞是大快人心，於是立刻寫了一篇文章預祝他自此就在獄中腐爛，永遠不要再危害孩童。

但是格里特才被關押三個月不到，他現在居然可能沒事了。

因爲格里特委託律師交給兩個女孩家裡各兩千美元「補償金」。接著，兩個家庭都出面寫信給越南檢調單位，表示格里特並沒有與他們的孩子性交，而且希望法庭在審理格里特目前被控刑責較輕的「猥褻幼童」罪名時，也可以從輕量刑。

尤有甚者，原先信誓旦旦要以「強姦幼童」罪指控格里特的越南警方，居然也開始改口宣稱到目前爲止的調查結果，只查出格里特有親吻、撫摸、舌舔女孩的情況，並無證據證明格里特和兩位女孩性交。

就這樣，兩位女孩的處女膜就在格里特「親吻」、「撫摸」、「舌舔」之後蒸發了。格里特現在有可能只需要坐牢六個月就恢復自由，又可以四處去尋找幼童的處女膜了。

這眞是若干東南亞國家的悲哀。

東南亞一些貧窮的國家，早就成爲性好狎玩幼童者的天堂，又便宜又大碗，很多西方國家的「糟老頭」（Dirty Old Man）在自己國家裡可能根本就只能靠社會福利金艱苦過日，可是來到泰國、柬埔寨、越南，個個都是大爺，玩女人的玩女人、玩小孩的玩小孩。

現在出了事，花幾千美元就一切搞定，這個「示範」想必會鼓勵更多「糟老頭」趕來東南亞。搞不好，麥可·傑克森都要跑來了。

旅遊擺地攤

二〇〇四年九月底，三名中國公民在泰國南部陶公府遭到不明人士槍擊，兩人死亡、一人僥倖躲過；十一月間，馬來西亞總理巴達威下令警方及移民廳，全力追查爲數大約五萬、逾期居留或失蹤的中國人；十二月十四、五兩日，菲律賓移民局對首都馬尼拉市內的兩處商場採取突襲，總共逮捕了一百四十六名中國人。

這三件看起來似乎互不相關的事，其實卻大有關連。

在泰國陶公府遭襲擊的三名中國人都是浙江省蒼南縣錢庫鎮十二黛村村民，是標準的鄉下人，那麼，他們怎麼會同時出現在泰南動盪不安的回教省分？

原來，他們是到當地擺賣地毯。陶公府的居民絕大多數都是回教徒，日常生活或祈禱都用得到地毯。在馬尼拉被捕的一百四十六人，幾乎也都是持旅遊簽證入境菲國的中國人，一旦入境之後就化整爲零，進入各個商場，或者租攤位，或者乾脆就擺地攤，做起生意來。

問題是，菲律賓推行零售業菲化，外國人士是不能經營零售生意的，這麼多中國人在「賣東西」，當然引起菲國人側目，於是向當局提出檢舉，菲國警方及移民局經過跟監、蒐證之後，終於採取了大規模的逮捕行動。

其實，中國人以旅遊簽證入境而在東南亞國家內搖身一變爲小販，近一年來已經蔚爲風氣，甚至於開始爲各國帶來社會問題。

以印尼來說，首都雅加達唐人街（草埔）一帶的菜市場，早上固然是賣菜、賣肉，但是十時過後許多菜販開始收攤，卻有另一批人接手擺攤，這些人清一色是中國大陸福建人，他們用一天一萬印尼盾（台幣三十五元）的代價向打烊的菜販租下攤位，就做起生意來了。

馬來西亞也一樣，在華人爲主的地區如北馬一帶、吉隆坡、柔佛、關丹等地，都有中國旅遊攤販的蹤跡。

這些旅遊攤販其實頗有組織，通常是有一個集團負責進貨，很多時候是將這些小商品夾帶在正常進口貨內闖關入境，另一方面則把中國人以合法的方式接進個別國家，然後發貨給他們出去擺攤，販賣的東西則不外乎仿冒光碟、假藥材、假燕窩、小家電用品、廚房用品、手工藝品等等，販賣地點主要在小販中心、住宅區、早市、夜市等比較不會引起當局注意的地方。此次菲律賓之所以會出事，是因爲這些旅遊攤販在正式的商場裡活動。

另外，一些以這種方式入境各國的中國女性，除了當小販外，還會被白領階級或富商包養從事性交易行爲。

其實旅遊攤販在東南亞並不算是新鮮事，在過去，不法集團主要是利用非洲裔從事這一行業，可是由於人種的關係，非洲裔較引人注意。這些年來，中國人出國的情況日益普遍，於是這些集團就把腦筋動到他們頭上，結果愈做愈火紅。

戴口罩

全球污染最嚴重的城市前三名，東南亞就占了兩處，分別是第一名的印尼首都雅加達以及位居第三的泰國首都曼谷。其實根據我的觀察，菲律賓的馬尼拉、越南的胡志明市、柬埔寨的金邊市都好不到哪裡去；較先進的城市裡，當然要屬新加坡最好，對於空氣污染的控制最爲嚴格，其他城市常見的汽、機車滿街噴黑煙的景象，在新加坡則是絕無僅有的。

除此之外，就是至今還相對落後，還沒有「條件」污染自己的國家，例如寮國、緬甸也都還不錯。我在二〇〇四年曾赴寮國首都永珍採訪東協高峰會，就完全感覺不到污染，這當然跟是時爲了確保高峰會安全，寮國當局嚴格控制車輛進入永珍有關，但是根據當地汽車流量，就算是平時，應該也不至於會壞到哪裡去。

後來轉到古都鑾帕拉攀遊覽，在街上散步，眞是一種享受，車少、人少，空氣涼爽清新，那種乾淨，跟新加坡的「人造」乾淨，是完全不同的。鑾帕拉攀地方不大，所以很多遊客都是租自行車或步行遊覽，這在很多地方是辦不到的。

緬甸首都仰光汽車流量較永珍要高，只是還沒有多到造成空氣污染的程度，不過正在往那條路上走，現在大家都把發展經濟當成第一要務，可是如果不能未雨綢繆事先規畫好，就很容易讓空氣污染一發不可收拾。

我在一九九〇年第一次到曼谷，最深的印象就是塞車很嚴重，而且在街上指揮交通的警察都帶著口罩；這次奉調到曼谷，已是十五年後的事情了，曼谷的塞車雖然有少部分地段因高速公路以及公眾捷運系統的興建而略有改善，但是整體而言還是相當嚴重。至於戴口罩的情況，則有變本加厲之勢。

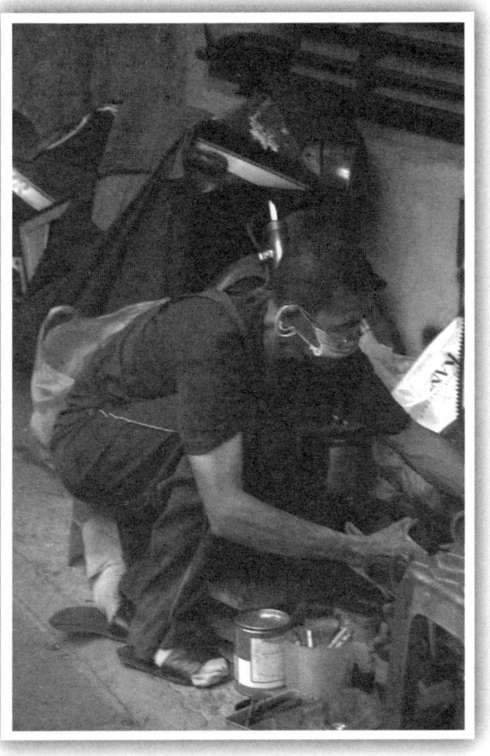
曼谷污染嚴重，口罩大行其道。

我在曼谷的住處正臨通渠要道石龍軍路，這條大馬路從早就開始塞車，要直到晚間十時過後才稍有緩解，平常的時候，想要過馬路都頗困難，行人在等著逮空檔過馬路時，就都只能站在路旁掩著鼻子忍受車輛排出的廢氣。

路上值勤的警察也幾乎毫無例外都戴著口罩，但是曼谷的天氣太熱，戴口罩雖然阻擋了髒空氣，然而半個臉長時間悶在口罩裡的滋味也不好受，窮則變、變則通，所以曼谷的交通警察都把口罩摺成一細條，只罩住鼻子，成了曼谷一景。

我在曼谷住了不久就想戴口罩，可是一直下不了決心。為什麼，因為始終覺得是在這裡作客，哪有客人嫌主人家空氣不好的道理，因此一直很不情願地呼吸曼谷的骯髒空氣。

直到有一天，見到一名路邊的乞丐戴著口罩，才突然「頓悟、開竅」了。連乞丐都這麼愛惜自己的生命，我怎麼可以因為「不好意思」而跟自己的健康開玩笑。

所以，立刻就到第一個遇到的藥局買了副口罩戴上。奇怪的是，戴上之後，居然開始發現很多「同志」，特別是那些在街邊謀生的小販、修鞋匠，很多人都戴口罩，我的心理負擔也愈來愈輕，終於成了曼谷「口罩俠」。

戴口罩，其實也跟風氣有關，雅加達的污染絕不下於曼谷，可是絕少有人戴口罩。我唯一一次在印尼戴口罩是在亞齊省，那是因為採訪海嘯新聞，空氣中充滿屍臭，不戴都不行，其實亞齊頗為落後，空氣好得很。

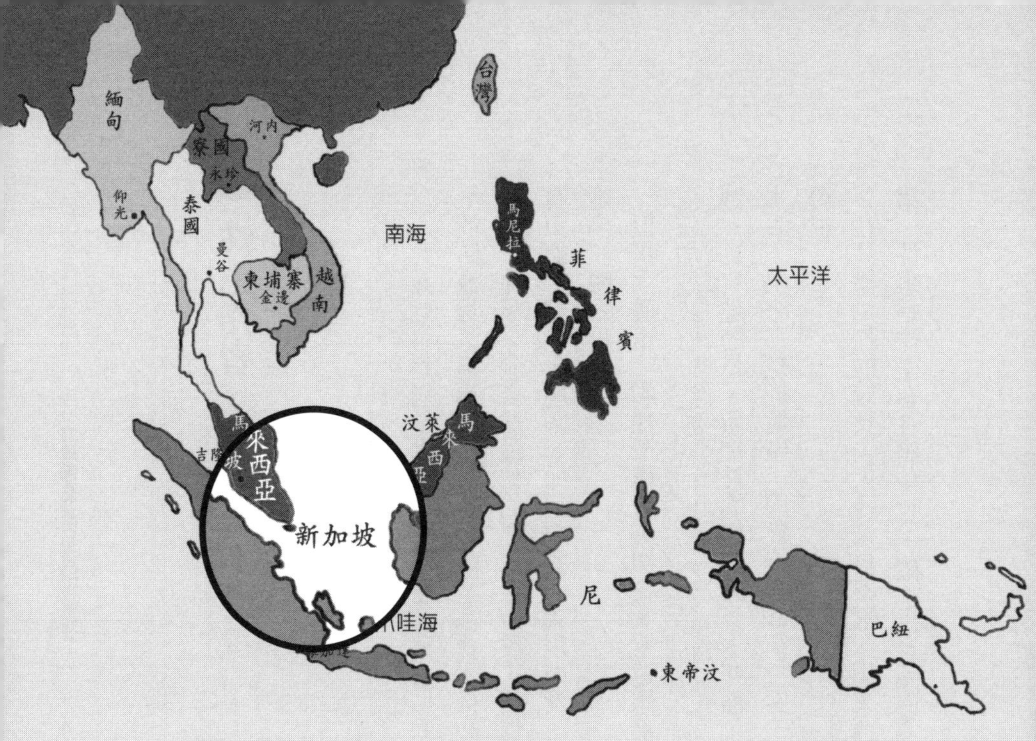

新加坡
Singapore

性工作者

性工作者，全世界每個國家都有。

一九九七年到過全世界僅存共產國家之一的古巴。一入夜，穿著晚禮服的神女，一字排開站在著名的防波堤大道（Malecon），隨著過往車燈的明暗忽隱忽現，眞是好看。北韓沒去過，不知道。

前一陣子，到全球最新的國家東帝汶，司機艾爾方索笑著說，由於聯合國人員進駐，「現在這裡有東歐、泰國、中國、印尼來的一大堆妓女，每次六十美元，東帝汶人本身玩不起，只好到海灘看她們『曬木瓜』。」

但是「眞正」的性工作者，卻在大家連想都想不到的地方——新加坡。

新加坡政府可能是全世界最務實的政府，他們知道娼妓問題禁不了，於是乾脆合法化，納入管制。更有趣的是，新加坡的紅燈區——芽籠——基本上是與住宅區混在一起的，但是不知道的人根本看不出來那是紅燈區，因爲沒人當街拉客，也沒有其他地方色情區慣見的色情商店，一切「正常」得很。

在芽籠工作的妓女，大多來自泰國、馬來西亞，由妓院老闆或仲介前往前述兩國物色，找到之後第一件事是作全套身體檢查，確定沒有問題之後就代她們向新加坡政府申請特別工作證（Special

Working Pass）。

這個工作證效期兩年，兩年一到就得回各自的國家，然後終其一生不能再以同樣的身分到新加坡。

芽籠的妓女住在妓院裡，每個月的生理期可以休假外出，但是絕不能外宿。

除此之外，每月還有一次外出的機會，就是檢查身體。這個檢查身體不是一般的檢查，而是驗血、驗尿全套都來毫不馬虎。主要的原因是愛滋病的潛伏期爲六個月，所以到新加坡之後的前六個月，每個月都要做一次前述的身體檢查；六個月之後，就改爲三個月一次。

妓女在新加坡工作期間，任何時候被查出染上疾病，就得立刻停止工作或是被遣送回國。

妓女在工作的時候，也一定得遵守妓院的各種規定，特別是使用保險套，絕對沒有任何寬貸；如果碰到客人不合作，妓女可以立刻「舉發」，妓院就會出面把客人請出去。

而且，芽籠的妓院並不是來者不拒的，看守妓院的小弟如果遇到喝醉酒的、嗑藥的或者一些特殊國籍的，立刻就閉門謝客。

爲什麼？除了預防發生事端之外，很大程度上是要保護妓院內的「性工作者」。

所以芽籠的妓女在心理上並不是「賣淫」而是「工作」。

馬路上不准吸菸？

到印度旅行，回程時在機場遇到一對新加坡父子，閒聊之下，發現他們是到印度南方自助旅行，結果實在受不了印度的沒效率、雜亂無章，以及像禿鷹似等在機場、車站，隨時準備欺騙、剝削外地遊客的無賴。

所以他們決定將行程縮短一個星期，放棄已經買好的火車票，寧願再掏腰包重買機票，儘快落荒而逃回新加坡。

聽完他們的故事，我的兒子對我作了個「好家在」的表情，因爲我們是兩人成行的「旅遊團」，一路上都有住宿、交通的安排，所以還算玩得愉快。即使如此，行程中還是因爲簽證延期、回程機票確認，頗惹了一肚子氣。

其實我心裡很難過，我可以想像那位與我年齡相仿的父親，當時興致勃勃計畫，然後帶著心愛的兒子趁著學校假期出外旅遊，他的孩子一定也對旅程充滿期待，沒想到卻落得這樣下場。

那位父親當時對我說，「碰到這種事情，才知道新加坡好。」

我一點都不奇怪。由於相關新聞報導的誤謬，一些論者自以爲是地對新加坡作出浮面評論，使得許多人對新加坡有所誤解，包括「不識廬山眞面目，只緣身在此山中」的新加坡人。

當年奉派到新加坡，我的心情其實很壞，因爲一向自由慣了，兼之已經在紐約這樣的世界級大都會住過十五年，很難想像自己能夠適應被曾任台北市文化局長龍應台批判得一文不值的新加坡。我當時想，「媽的，光丟菸頭被罰款，就不知道要被罰多少？」

到了新加坡，出機門、過移民關、取行李、過海關、上計程車往市區進發，前後不到十五分鐘就完成了，而且幾乎沒有任何「等候」的過程，眞是讓我驚訝不已。由於工作的關係，我去過很多國家的機場也受過很多氣，但是新加坡樟宜機場的「初體驗」，簡直就是奇蹟。

離開機場，計程車順著泛島公路往市區行，沿路繁花綠意、整齊清潔，最重要的是，居然進到市區都沒塞車。到了旅館，看看腕錶，從出機門算起，才四十五分鐘，我已經開始喜歡新加坡了。

晚上出到烏節路逛街，順手點了支菸，邊走邊吸，一邊想來之前得到的印象，「新加坡馬路上是不准吸菸的！」吸完之後，發現兩步之遙的垃圾桶上有個讓人丟菸蒂的小菸灰缸，就丟了進去。後來發現，新加坡街上到處是垃圾桶，每個桶上面都有小菸缸。

所以在新加坡居住的六年期間，我從來沒有因爲沒地方丟菸蒂而亂丟，當然從來沒被罰過款。

後來，新加坡又有個新措施，亦即捉到亂丟菸蒂的人，除了罰款兩百新幣（台幣六千元）、進行環境清潔再教育之外，還發給一個小金屬盒子，讓癮君子隨身攜帶，隨時可以把菸蒂收在小盒子裡。

這樣的政府，有什麼不好？

甜點加辣椒？

一直覺得中國菜太油膩、不好吃。到了東南亞，這個信念就更加強了。

初抵新加坡時，鍋碗瓢盤一概闕如，又是一個人，當然上街解決，結果發現到處都是又便宜又好吃的食閣（Food Court），什麼食物都有，馬來、印度、印尼、越南、泰國一應俱全，而且五元新幣（台幣一百元）就可以解決一餐。

後來又發現，我住的地方靠近新加坡烏節路，是所謂的「金區」，就算是食閣的食物都比別的地方貴，如果是多數新加坡人居住的組屋區（國民住宅）食閣，新幣三元就萬事OK了。這樣物美價廉，那裡還需要自己開伙煮食。

東南亞的食物究竟好在哪裡呢？我頗研究了一陣子，一個重要的特點就是味道足、不油膩，更重要的就是辣，一餐下來一身汗，再多的油膩也都清爽了。

以著名的叻沙（Laksa）來說吧，其實也不過就是海鮮加粗米粉，可是加了辣得火紅的椰漿濃湯，眞是好吃；要吃咖哩魚頭，那就得到「小印度」去，同樣是吃得滿頭大汗，偌大的魚頭，不知不覺就吃完了。

印度的咖哩牛、羊肉也是好吃，重點是要配著烤麵餅，把那個辣勁吸收掉，眞是人間美味。

很多人到新加坡都喜歡嚐嚐肉骨茶，還有人特地買肉骨茶包帶回去，其實這些茶包多數是藥材爲主，遠不及潮州式、以大量胡椒入味的清湯肉骨茶好吃，吃完當然也是一身汗。

泰國菜嘛，冬炎湯當然一定要試試。這個湯很奇怪，湯面飄著密密麻麻的點點紅辣油，還有些不知名、嚼不爛的香料，初嚐時很像肥皂水，可是卻愈吃愈有味道。這種湯太辣，不能喝，只能「吃」。

泰國的魚餅也是一絕，雖然本身並不辣，但是沾醬卻是辣的。另外值得一嚐的是綠咖哩，咖哩是綠色的，當然就是又辣又清爽了。

新加坡本身的食物，最精彩的是黑胡椒蟹，端上來時，連蟹殼都因沾滿胡椒而成爲黑色了，可以想見有多辣，但是這辣還帶有胡椒的香，就別有風味了。

很久很久以前，我有位要好的馬來西亞籍女朋友，回鄉探親後帶了份禮物回台灣給我，打開一看竟然是包胡椒粒，當時覺得她對我的感情簡直是「敷衍了事」，現在到了東南亞，發現當地人對胡椒的重視，才知道她的感情不但鄉土，而且還是「玩眞的」呢。

東南亞當然也有不辣的美味，譬如說海南雞飯，很多台灣來的觀光客都慕名到文華酒店吃雞飯，一客近三十新元，眞是冤枉，因爲許多食閣的雞飯味道都勝過文華酒店，價錢大概只及十分之一，這是觀光客不可能弄清楚的。

說到辣，最經典的莫過於印尼。有次到印尼總統府參加活動，其間主辦單位端出甜點來招待，乖乖隆地冬，那些色彩鮮豔的甜點，每個上面都插著粒紅紅的小朝天椒呢。

新加坡式英文

有一陣子，台灣很流行讓小孩子參加遊學營，到新加坡學習英文。我的一位好友就曾經特地請假三個星期，陪孩子來新加坡參加這樣的活動。孩子必須住營區，他就住在我家，每天掛電話給孩子，詢問學習的狀況，他很興奮，所以我也不好潑他冷水，提醒他的小女兒學的是「新加坡式英文」，眞的嘰哩呱啦起來，很可能是「雞同鴨講」，聽不懂的。

新加坡獨立之前屬於馬來聯邦，所以國語其實是馬來語，但是人口中有近百分之八十是華人，因此華語也通；再加上新加坡的華人中有許多是潮州人，潮州話當然也很流行；此外，閩南話也是新加坡語言中相當重要的一支，只不過當地人將之稱爲「福建話」；當然，也有頗可觀的一部分人說的是廣東話；另外，新加坡的人口中有百分之五的印度裔，所以印度語也占有一點地位。

但是，新加坡本地最通行的卻是英文，可是由於前述的因素，新加坡的英文裡夾雜著許多前面所提及的各種語言，再加上很多有特殊風味的語助詞，就變成了極有特色、然而有時候卻難以理解、眞正說英語人口中的「新加坡式英文」（Singlish）。

舉例來說，新加坡式英文裡面最常見的語尾助詞是「啦」（Lah）、「囉」（Loh）。譬如說「好」（Ok），到了新加坡人口裡，就變成了「好啦」（Ok lah）。

有個可能真正發生過的笑話是這樣的。

一位外籍乘客搭乘新加坡航空公司班機，見到婀娜多姿的新航空中小姐就藉機搭訕，問對方平時不出勤的時候都做些什麼事？那位新航空姐於是據實以答「Study loh」，亦即空閒時去學習、進修；結果聽到那位外籍乘客的耳裡，「Study loh」變成了「Study law」（攻讀法律），當下肅然起敬，沒想到幫他倒茶、倒水的竟然是位準律師。

新加坡式英文裡面也有不少是直接由華語口語直接轉換的。譬如說「這個東西是你的還是我的」，新加坡式英文的說法是「This is my one or your one」；又譬如說「別這樣啦」，新加坡式英文的說法是「Don't like that lah」。怎麼樣，一頭霧水吧。

其實，新加坡政府已經發現新加坡式英文的嚴重問題，這些年一直呼籲大家學習說標準英文，否則的話，只怕以後在國際上可能無法與人溝通。

新加坡前總理吳作棟就曾經舉過他在斯里蘭卡打高爾夫球的例子，感嘆當地的桿弟說的英語都比新加坡大多數人正統。

所以，送孩子到新加坡參加英文學習營，如果只是抱著讓孩子玩玩、長點見識的心理，那就還「Ok lah」；如果是認真的要學好英文，恐怕就得「Think it over loh」。

口交

東南亞國家因為宗教及風俗習慣的關係，有些法令訂得很有意思，甚至於會使人在不知情或無意的情況下觸法。「口交」就是一個例子。

二〇〇三年十一月，新加坡有位警員勾搭上一名十五歲的少女，兩人在慾火焚身之際，女方也許由於有所顧忌而不願獻身，那位警察於是「退而求其次」，要求女孩為他口交，結果因此而被判刑坐牢兩年。

當然，該警員被判刑的一個主要原因是由於女孩還是未成年少女，但是「口交」在新加坡是觸法的行為，也是不爭的事實，而且這個案件也引發了社會上對於「口交」究竟是否應該有罪的熱烈討論。

依照新加坡刑事法典第三百七十七條，「口交」是「違反自然」的性行為，不但犯法，而且刑罰還頗高，任何人因為「口交」而被定罪的話，會面臨終身監禁或者十年監禁再加上罰款。厲害吧。

為什麼是違反自然的性行為呢？因為口是用來吃飯、說話而不是用來性交的；就如同肛門的功用是排泄一般，所以「肛交」也是違反自然的性行為。前馬來西亞副總理安華，就是因為涉及雞姦而被判刑坐牢。

新加坡有關「口交」刑罰的有趣之處在於，如果「口交」僅僅是作為性交的前戲，就不算犯法。換句話說，「口交」只能作為「開場」之用，「謝幕」時則必須用正常的性交來完成。問題是，如果男方「凍未條」，還在「開場」階段就洩精。那就犯法了。又譬如說，如果女方在為男方進行「口交」前戲，不管因為什麼原因，突然不想繼續而沒有用正常的性交為整個過程劃下一個句號。理論上，這樣的「口交」自然不成其為「前戲」，也是犯法的。

更恐怖的是，「口交」其實已經是男女甚至於夫妻之間很普遍的性行為方式，但是根據前述的法條，夫妻翻臉之後，女方理論上是可以用「口交」來控訴男方的。

這個問題被提出之後，新加坡政府也體認到前述法條不合時宜，所以正在積極研究修法。只不過現在還沒有正式修訂。

所以到新加坡來的情侶，小心點，要不然就在口交時憋著點，別犯法。

猶抱琵琶半遮面

新加坡這兩天有個吸引不少人的新聞，就是烏節路上知名的「詩家董」百貨公司舉行內衣秀，幾位洋模特兒穿著內衣在櫥窗內婀娜多姿地走貓步，很多新加坡人都興味昂然地圍觀，新聞報導裡還特別提到，錯過了當天內衣秀的人不要懊惱，因爲跟著來的週末還會有三場眞人內衣秀表演。

可以想見的，屆時一定會有更多的人前往觀賞。

只不過搞笑的是，模特兒確實是穿著三點式的內衣走秀，但是爲了不要「敗壞善良風俗」，所以模特兒在三點式的內衣外面，還罩著一層半透明的薄紗。換句話說，觀衆並無法直接看到穿在模特兒身上的性感內衣，而是要透過一層薄紗。

即使如此，報紙上的標題已經是「火辣辣的內衣秀」了。

其實，在一定程度上，新加坡已經是區域內最開放的國家。像寮國、緬甸等保守的國家，這樣的內衣秀完全是難以想像的；去年，柬埔寨總理韓森還煞有介事地下令電視上不得出現女子穿迷你裙的鏡頭；馬來西亞回教黨執政的州，也對女性公務員的穿著有嚴格的規定，在辦公室裡不許穿短裙及緊身牛仔褲，這還是對非回教徒的規範，如果是回教徒女性，就更嚴格了，不但要紮頭巾，而且要將頭髮都包起來，否則就會被罰款。

所以，新加坡已經夠開放了，一度還可以看到「上空秀」呢。

新加坡的「上空秀」原先是在靠近紅燈碼頭附近的海皇餐廳表演，知道的人並不多，因爲幾乎不能作任何公開宣傳，我當時覺得很有意思，所以想去作個正式採訪，聯絡上海皇餐廳的公關部門之後，對方如臨大敵地要我提供我本人及刊物的相關資料給他們審核，前後一個多星期的審過來、核過去，最後的結果是拒絕我的採訪。

我猜，也許是「有關部門」不允許他們接受採訪吧。

那麼，新加坡的「上空秀」有些什麼特別的地方呢？

首先，既然只是「上空」，當然就絕不准全裸。

其次，上空女郎在出場時就必須已經是「脫好」的，絕對不可以在舞台上有脫衣的動作，以免惹人遐思。

最後，上空女郎在舞台上跳舞，當然要有音樂，但是這些音樂也都必須經過審核，不可以擅自隨意播放帶有淫蕩意味的音樂。

海皇餐廳聽說已經拆除了，這種「猶抱琵琶半遮面」的上空秀是否還存在，坦白地說，我眞的不知道。

新加坡人隔海包二奶

包二奶，感覺上好像是台商在中國大陸的專利，其實並不然，新加坡人包二奶的風氣也頗爲盛行。

最主要的原因是新加坡乃爲東南亞的首善之區，吸引了許多外地人前來謀生。近十年來，更有許多大陸女子以各種合法、非法的方式來到此地，合法的譬如說觀光、就讀短期學校或是陪子女就學的「陪讀媽媽」，非法的則主要是偷渡入境者。

這些女子來到新加坡以後，固然大多都能安分守己，但是也有不少爲了生活而淪落紅塵，爲數頗衆的在各處按摩院、酒廊裡工作，因此每次新加坡警方掃黃，總是會掃到一大批「大陸妹」。只不過，新加坡警方再怎麼掃，也掃不到被新加坡人包起來、基本上不用拋頭露面「搵食」的「大陸妹二奶」。這些「大陸妹二奶」多被包養在里巴巴利路（River Valley）一帶的公寓，儼然成爲新加坡的「二奶村」。

有位在新加坡開餐廳、被稱作「孫大娘」的大陸女子，就專門爲想包二奶的新加坡人拉線，營業狀況比她的餐廳本業還好得多。

由於新加坡的生活程度高，因此這種「本地包」的情況畢竟還屬於有錢人的專利，別的不說，光就里巴巴利路的公寓而言，就不是一般新加坡人住得起的，更遑論包個二奶放在那邊了。

不過，最令新加坡婦女惶惶不安的是獅城男子隔海包二奶。

印尼廖內省有個巴淡島，距離新加坡僅有四十五分鐘的渡輪航程，因爲兩地生活水準差異甚大，長年以來，巴淡島由於「物美價廉」，已經發展成爲新加坡男子尋歡的樂園。

根據「衛生與人道主義合作機構」所做的調查，每個星期六都有大約六百名獅城客過海到巴淡島買春，原因很簡單，巴淡島的歡場女子多數是十六、七歲的小姑娘，感覺上比較「乾淨」，而且夜渡資也不過是五十新元（台幣一千元），有的甚至還可以低到二十至三十新元的程度，獅城客自然趨之若鶩了。

尤有甚者，正因爲價格廉宜，有些獅城客爲了保證對方只跟他一人上床，乾脆就把對方包養起來，每個月的負擔也不過就是三百新元上下的生活費。

所以，有不少月入不及兩千新元的獅城男子，也都有「二奶」以驕人呢。

新加坡vs.口香糖

有個笑話是這樣的。

新加坡內閣資政李光耀還在擔任總理的時候，有次率團到泰國訪問，在泰皇的國宴上，享用大明蝦之後，李光耀問泰皇，「貴國是如何處理這些吃剩的蝦殼？」泰皇大惑不解地答曰，「當然是丟掉啊。」

沒想到李光耀說，在新加坡，吃剩的蝦殼會回收做成蝦味先。

上水果之後，李光耀又問，「貴國又如何處理這些橘皮呢？」泰皇頗爲遲疑地答道，「丟掉啊。」結果李光耀卻說，在新加坡，橘皮也會回收做成陳皮。

當天飯後的點心，其中有道是口香糖。李光耀又問道，「那麼，貴國如何處理咀嚼之後的口香糖呢？」泰皇頗爲心虛地說，「丟掉啊。」李光耀則很得意地說，「在我國，回收的口香糖可以做成保險套。」

這時，泰皇卻發難了，他說，「不知道貴國又如何處理用過的保險套呢？」李光耀則不慌不忙地說，「用過的保險套，當然丟掉囉。」哪裡知道泰皇接著說，「在我國，用過的保險套全部回收，然後做成口香糖銷往貴國。」

李光耀回國之後就下令全面禁絕口香糖。

這當然是個笑話。但是新加坡對口香糖確實有禁令，則是個不爭的事實。許多西方記者在提到新加坡時，也往往提到新加坡連口香糖都不能嚼，以佐證新加坡毫無人身自由可言。

其實，這也是西方對新加坡一種以偏概全的誤解。實際上，新加坡是規定境內不准賣口香糖，但是如果你有辦法從境外帶口香糖進新加坡放在嘴巴裡嚼，也不會有人硬撬開你的嘴巴檢查。

那麼，新加坡爲什麼規定不准賣口香糖呢？一是因爲會影響市容，住過紐約市的人都知道，滿地的口香糖污斑基本上是無法清除的，甚至於倫敦市也計畫在市區各處立起包括頭號恐怖分子賓拉登、伊拉克前總統海珊等人圖像的看板，鼓勵人們把嚼剩的口香糖黏於其上，而不是任意吐在街道上，因爲在某些地段，一平方公尺的街道，竟然平均有多達十個無法清除的口香糖污跡。

但是新加坡禁賣口香糖還有一個更重要的原因，就是由於曾經有許多喜歡惡作劇的人，經常用口香糖黏住地鐵的車門，造成行車安全上的問題。

在這種情況下禁賣並無一定必要、對人體也無特別實際效益的口香糖，我認爲可以接受。

只不過這個禁令，卻由於新加坡與美國不久前簽訂自由貿易協定，而被衝破了一個小缺口。因爲在自由貿易協定之下，新加坡不能設置貿易障礙，所以新加坡在口香糖進口方面作了一些放寬。

現在，新加坡百姓可以在藥局買到兩種美國箭牌，對口腔、牙齒有清潔、衛生效果的口香糖，只是在買的時候要有醫師處方，也要填寫個人資料的申購書。

有意思吧？

新加坡汽車貴得嚇人

到新加坡之前，我作了一番調查，結果沮喪極了，因爲新加坡的車價太貴了，台灣的車價已經夠貴，新加坡卻是台灣的兩倍有餘。

更沮喪的是，新加坡規定車齡三年以上就不准進口，所以我在美國的那輛車也運不來。這樣的國家，豈不可恨。

後來實際到了新加坡住定，才發現新加坡並不那麼可恨。

印尼前總統哈比比曾經指著地圖說，「喏，新加坡就是這個小紅點。」鄙夷之情，溢於言表。但是這個「小紅點」卻比印尼的很多地方都要好，因爲不塞車。

不塞車的主要原因是汽車太貴，不是人人買得起，我在紐約市住了十五年，家裡有兩輛車，但是去很多地方都不想開車，因爲會塞車，停車又太貴，原因就是汽車便宜，特別是一些二手車，阿貓阿狗都買得起。

車一多，自然就容易塞；車一多，停車哪裡會不貴？這是無解的惡性循環。

新加坡的車貴，主要是有個價值不菲的「擁車證」制度，這個相當於行車執照的「擁車證」不但貴，而且使用期只有十年，換句話說，新加坡的車輛基本上只能使用十年，到時就得折價換新，再加上車齡三年以上就不准進口，所以新加坡街頭基本上沒有隨時可能出狀況的舊車，不像紐約或其他都會，很多時候塞車只是因爲一輛爛車拋錨而引起。

但是作爲彈丸之地，新加坡的交通狀況可以維持得這麼好，還有個更重要的因素，就是大衆交通工具很方便，捷運、公車乃至於計程車，讓新加坡人即使沒有自己的汽車，仍然能夠四通八達，掌握住時間。

所以我在新加坡住了六年，從來沒有興起要買車的念頭，就是拜新加坡這種合理管制之賜。新加坡的管制很多是事實，但是基本上是合理的。譬如說香菸，新加坡不鼓勵人吸菸，所以入境旅客不能在免稅店買菸，市面上的菸價，恐怕也是全世界最貴的。

再說外籍女傭吧。新加坡政府也不鼓勵國人雇用女傭，怕他們養成好逸惡勞的習性，所以除了嚴格審核雇主確實需要女傭之外，還對每個雇用外籍女傭的雇主課徵每月三百四十五新幣（台幣六千九百元）的人頭稅，一方面達到使用者付費的效果，另一方面也增加國家稅收。

聰明吧？

社區流鶯

新加坡長久以來給人的印象是「乾淨得像所醫院」，這當然是個極爲典型的「刻板印象」，可是這個「刻板印象」這一陣子卻遭受到前所未有的挑戰，原因是來自中國大陸的「流鶯」大舉入侵，這些流鶯不像以往僅在風化區活動，而是明目張膽地侵入絕大多數新加坡人居住的住宅區、組屋區，直接干擾到一般新加坡人的生活。

面對這個現象，新加坡政府頭疼不已，加強入境管制似乎有些不切實際，也容易引發中、新兩國的緊張關係；取締嘛，難度就更高了，因爲這些流鶯爲數頗衆，而且都是「個體戶」，行蹤飄忽不定，新加坡的組屋區都有咖啡店、食閣，流鶯坐在那裡喝咖啡、等待獵物，總不能隨便加以盤查吧？

更何況，新加坡警方在壓力之下，已經發生過好幾起錯誤盤查的事件。前一陣子，三位到新加坡旅遊的台灣年輕女子，就因爲證件忘記帶而受到盤查乃至於扣押，受盡委屈。很顯然的，新加坡警方是把她們當成了流鶯「疑犯」。

另一方面，中國駐新加坡大使館也頭大如斗，被稱爲「大陸妹」的流鶯新聞不時上報，實在是很丟臉的事，但是他們也毫無辦法，只能向新加坡政府表達希望媒體盡量少報導類似新聞的要求。

中國流鶯在新加坡大行其道，原因不外以下幾點：首先，新加坡是東南亞首善之區，生活水準普遍較高，甚至於不少住在組屋區的退休單身老人都還有一定消費能力，很多流鶯其實就是在組屋區「專攻」這些「老伯」；其次，新加坡有近百分之八十爲華人，來自中國的流鶯不會有語言上的問題，換在其他國家如印尼、馬來西亞，做起「生意」恐怕就沒有這麼方便了；再者，新加坡地方小，大衆交通工具四通八達，流鶯活動起來方便得多。

中國流鶯的作業方式，一般都是在咖啡店內等待獵物，見到可能的對象就藉機搭訕，很快就進入主題開始議價，談妥之後則進行交易；有些流鶯不採取這種守株待兔的方式，而是主動四出搜尋，使出的招式則是「扶老伯伯過馬路」、「故意擦撞藉機搭訕」、「問路」、「借打電話」……等等。

流鶯在組屋區活動，對象當然不僅僅限於「老伯伯」，而且她們的要價有些低到三十新元（台幣六百元）到五十新元之間，許多組屋區的男性居民都「凍未條」，也引起了太太們的恐慌，一到下班時間，紛紛趕到樓下等老公下班，免得老公在進電梯之前就被流鶯「撞走」。

穿洞？一邊喘吧

近年來，講究時髦的人流行在身上打洞，把耳環掛在鼻子、肚臍眼甚至更私密的地方。不過，如果這些「打洞族」在每年一月下旬到新加坡玩，而且正好碰到興都教徒（Hindu）慶祝「大寶森節」（Thaipusam）的話，恐怕就要慚愧得把身上的洞都蓋起來了。因爲在這一天，興都教徒的全身都是洞，而且還插滿了鐵條、鋼針，掛滿了鉤子，全都光著膀子在大街上「苦行」呢。

興都教徒在「大寶森節」的苦行，確實頗有看頭。最標準的「裝備」，就是舉著可以重達十公斤的「針座」（Kavadis），從實龍崗路的印度廟出發，赤腳步行大約四公里的路，走到登路的丹達烏塔伯尼印度廟，祭拜還願之後，才能拆除針座以及身上的鋼針、鐵鉤，回家休息。

興都教徒的針座相當有特色，最早時是木製，現在則大多是金屬製品，座頂基本上是以孔雀羽毛裝飾，移動起來搖曳生姿，十分好看，整個針座的重量落在背針座者腰間的寬腰帶上。

這是針座比較「正常」的部分，剩下來就是讓人瞠目結舌的地方了。

因爲針座的支架上設計了很多讓鐵針穿過的地方，而這些穿過針架的鐵針，每一支的另一端都插入背針架者的皮肉裡；除此之外，針架上也設計了很多掛鐵鍊的地方，同樣的，這些鐵鍊的另一端

大寶森節是印度裔的「打洞」大會。

都是鐵鉤，每一個鐵鉤也絲毫不爽地穿過背針架者的皮肉。

尤有甚者，背針架者的臉上也插滿了各式各樣的「利器」，全部穿皮穿肉，讓人看得膽顫心驚；背針架者雙頰通常也都穿有一支金屬的「棒子」，所以嘴巴不可能合得攏，伸出的舌頭上，更有一支金屬條穿過。連喝水，都必須要旁人幫忙，把吸管從嘴角插入，其難受已可想而知。

不過，興都教徒卻不以此爲苦，因爲這是他們一年一度還願、贖罪的機會，而且還不是人人都有資格參加苦行的。

其實，大寶森節雖然緣起於印度，可是現在在印度反而已經有式微的趨勢，倒是在印度移民衆多的新加坡和馬來西亞，還保持了這個傳統，成爲當地的一個特色。

馬來西亞的興都教徒每年「大寶森節」時也在吉隆坡近郊著名的黑風洞慶祝，該國觀光局的宣傳廣告標題就是「所以你在肚臍上打了個洞，了不起喔。」

游泳偷渡

台灣曾經發生過蛇頭爲逃避海巡隊的追捕，而將船上「大陸妹」人蛇推入海中，導致多人溺斃的慘劇而引起軒然大波。

其實東南亞的偷渡之風也很盛，其中又以新加坡爲甚。原因很簡單，新加坡是區域內最富裕、安定的國家，很多周邊國家的人都願意偷渡前來打工，甚至於從事一些非法的勾當賺錢。

這種情況頗有點類似美國和墨西哥邊界的提璜納。在那邊，從美國方面去墨西哥是不用檢查任何證件的，車子「呼」一下就可以開過去；可是回程就麻煩了，車子大排長龍受檢查，一等兩、三個小時是常有的事。因爲，有誰要偷渡去墨西哥？可是卻有大把偷渡客拚了命往美國這邊來。

從聖地牙哥往提璜納的五號公路上，接近提璜納的路段，有世界上絕無僅有的交通標誌牌，上面畫著兩個大人牽著小孩飛奔的圖樣，意思就是要駕駛人小心、注意，別撞到了跑過馬路的偷渡客，因爲很多墨西哥偷渡客都是趁黑夜越過邊界，他們對美國高速公路上的車速沒有概念，過去曾經發生好多次偷渡客橫越高速公路而被撞死的事件。

新加坡和馬來西亞的柔佛州則僅隔窄窄的柔佛海峽，最窄之處可能一千公尺都不到，還有兩條長堤相連，因此長久以來都是偷渡客的「熱點」。

偷渡客從馬來西亞到新加坡，最自然的走法是躲藏在汽車中通過長堤闖關，躲藏的方法也是五花八門，有些是藏在汽車後車廂中賭運氣，沒有被抽檢到就成功入境；比較厲害的會將汽車加以改造，譬如說在後座的背面另設暗艙，成功的機會當然比縮在後車廂中大得多。

只不過新加坡是科技先進國，鑑於偷渡實在猖獗，因此近年來發展出不少包括紅外線設施在內的「照妖鏡」，破獲偷渡的比例當然愈來愈高。但是蛇頭們也窮則變、變則通，而且「回歸原始」，用最簡單的辦法——游泳。

新加坡有次逮獲一位名叫鄭文華（阿才）的蛇頭，他從一九九七年開始做偷渡人蛇的生意，最初是利用汽車闖關，後來使用船隻趁夜黑風高將人蛇運往新加坡，最後則是把人蛇帶到柔佛海邊，每人發給一個汽車內胎，就叫人蛇自己游過去。就這樣，七年以來已經成功偷渡一千名人蛇前往新加坡，他也成了百萬富翁。

只不過有些被捕的人蛇愈想愈火，繳了兩千新元，卻要自己游泳，於是把他的資料報給新加坡警方，「阿才」就落網了。

瘋馬

新加坡引進巴黎的「瘋馬」（又稱癲馬）秀，引起各方注意，很多人好奇的說，「不是說新加坡乾淨的像所醫院嗎？怎麼也開始搞這些東西？」

其實新加坡什麼東西都有。

我還住在新加坡的時候，那時現在台灣當紅的人氣政治明星馬英九要在台北市掃黃，還公開表示要到荷蘭的阿姆斯特丹考察色情業。我立刻在台北的《中國時報》寫了一篇報導，提醒馬英九不必千里迢迢跑到阿姆斯特丹，只需搭三個半小時的飛機，就可以到新加坡考察到全世界最好的紅燈區。

新加坡的紅燈區好在它根本不像紅燈區，這就是新加坡政府務實的地方，娼妓既然無法禁絕，乾脆納入管理，而且眞的管理得很好。台灣掃來掃去，其實也只是掃到地毯下面，都還在那邊。

新加坡這些年來碰到經濟上很困難的時期，所以賭場也準備開、「瘋馬秀」也進場，不過可以想像得出「瘋馬秀」應該會「橘逾淮而爲枳」，不會照搬巴黎的那一套，而會變成略有修正、具有「新加坡特色」的「瘋馬秀」。

新加坡過去本來就有「上空秀」，只不過有些限制。譬如說不准全裸，上空女郎在出場時就必須已經「脫好」，不可以在舞台上有脫衣的動作，同時上空女郎在舞台上跳舞，播放的音樂必須事先經過審核，不能擅自播放帶有淫蕩意味的音樂。

新加坡的「瘋馬秀」主其事者一直強調表演是具有水準的，絕對不會變成像泰國曼谷的「帕蓬區」一樣。這一點，應該是可信的，因爲「瘋馬秀」在巴黎跟「紅磨坊」或「麗都秀」比較起來，確實是大膽、奔放一些，但是無論如何也不會淪落成像「帕蓬區」那樣有時近乎噁心的色情表演。

三年前，我曾經帶當年十三歲的兒子到巴黎，也帶他去看了「麗都秀」。買票之前特地先掛電話去問，得到的答案是「只要是五歲以上就可以看。」我當時心想「法國人的開放眞是名不虛傳。」看完之後，我問兒子，「好看嗎？」他面帶靦腆地說，「我覺得那個魔術表演得還不錯。」我心裡覺得好笑，我知道他回新加坡後跟同學的說法絕不會是如此。

其實這類表演確實應該管制一下。我第一次讀D. H.勞倫斯的《查泰萊夫人的情人》時才初中三年級，什麼都不懂，儘翻裡面「精采」的篇章，根本是將之當作黃色小說。一直要到大學畢業後再讀，才深深體會出那其實是本深刻的文學作品，讀到最後的段落，竟然感動地流下淚水。

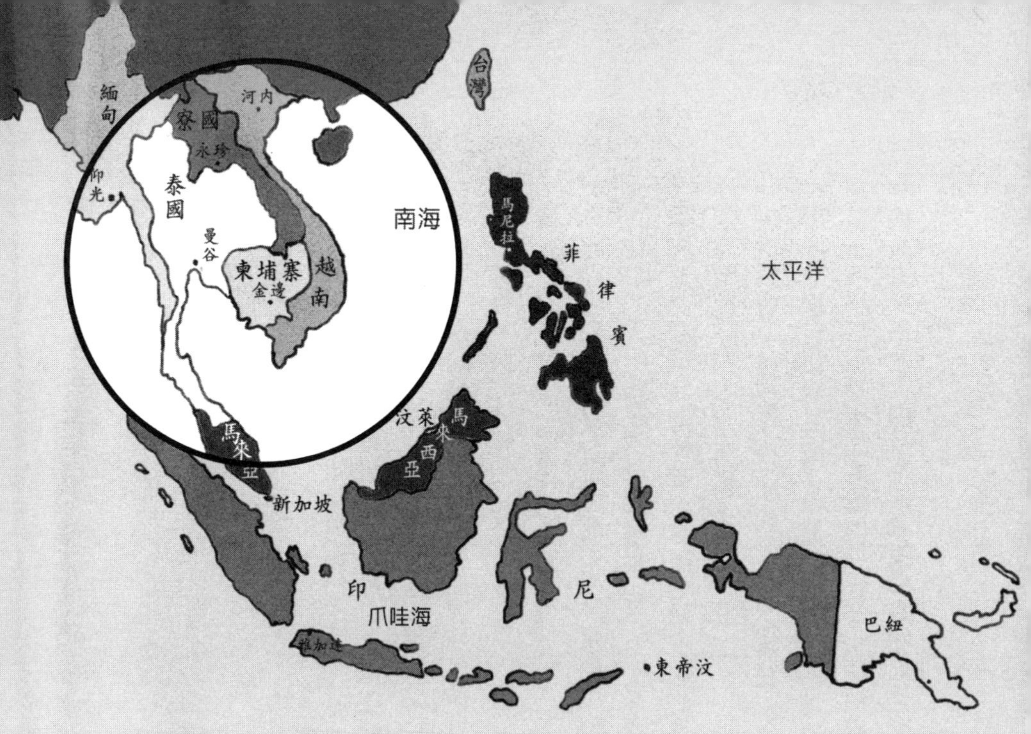
緬甸
台灣
河內
寮國
永珍
仰光
泰國
南海
曼谷
東埔寨
金邊
越南
馬尼拉
菲律賓
太平洋
汶萊
馬來西亞
馬來亞
新加坡
印尼
爪哇海
雅加達
東帝汶
巴紐

泰國

Thailand

潑水節

東南亞有許多很有意思的民俗節日，潑水節就是其中之一。包括緬甸、柬埔寨、泰國、寮國都有潑水節的習俗，但是一般人提到潑水節，立即想到的就是泰國，這可能是由於潑水節不但是泰國的新年假期，泰國也早已把潑水節發展成一個重要的觀光項目，到過泰國共襄盛舉的遊客也多，一傳十、十傳百，自然就聲名遠播了。

潑水節最早可以遠溯自印度教的神話，主要是海蛇神（Naga）將海水化成雨水從天空普降甘霖，以保證農作可以有豐富的雨水。這個風俗傳到泰國之後，轉化為年輕子女每年在過年期間，用盛有花瓣的香水倒在父母、長者的手心，表達對長輩的尊敬同時接受他們的祈福。後來又發展成淺笑盈盈、穿著傳統衣服的泰國美少女，嬌羞萬狀地將一碗漂浮花瓣的水，「澆」在鍾意情郎的頭上。多美。

可惜橘逾淮而為枳。現今的潑水節還眞的是「潑水」，不信的話你到泰國北方名城清邁去試試看。泰國清邁可以說是潑水節最具代表性的地方，潑水節在泰國叫做「宋干節」，落在每年的四月十三至十五日，但是清邁的旅館往往在半年前就已被預訂一空，靠近潑水節時飛往清邁的旅客也都是有備而去，每個人的行李除了換洗衣物之外就是水槍，有的在飛機上就幹將起來，甚至空中小姐都

泰國潑水節是舉國皆歡的節日。

會笑盈盈、冷不防地掏出水槍來給你一槍。

出了機場就更不用說了。沿路的商家雖然照常營業，但是每家門口都擺著大大小小的水桶，有的就直接把水管接到門外來沖，全家大小拿著水槍、杓子、臉盆或任何可以潑水的器具，跟過路的人打水仗。

這段時間，每個人都是「敵人」。你要問路，交通警察先掏出水槍射你一傢伙，才指點你；路旁坐著的和藹可親、牙齒都快落光的老太太，居然也會從身後掏出一把水槍呢。

最精彩的是貫穿清邁市中心的那條運河，兩旁道路上車輛擠得滿滿的，每輛車上都擺著大水桶，嘻嘻哈哈地互相潑水；水不夠了，就從運河裡撈，永遠不虞匱乏。

這段時間裡，潑水的沒有惡意，被潑的也都很高興。

台灣，好像少了這種舉國皆樂的節日。

似曾相識燕歸來

燕窩，是華人傳統的昂貴補品，主要的生產地是東南亞的幾個國家。而全世界吃燕窩最盛行的地方，又非泰國首都曼谷而莫屬，在曼谷的耀華力街（唐人街），燕窩是擺在路邊攤賣的，有很多去過曼谷的人都會很誇張地說，「我在那邊，早上都用燕窩漱口。」

燕窩之所以珍貴，在於其稀少及取得不易，採集燕窩經常要攀岩爬壁，危險性相當高，因此燕窩的買、賣都是以兩爲單位來計算。

但是這個現象卻在近幾年來有些轉變，這還得謝謝發生於一九九七年的亞洲金融危機。

當時金融危機發生之後，許多地方的空屋率大增，沒想到有些空屋卻引了燕子前來築巢。當然，並不是所有的燕子都能生產燕窩的，基本上只有泰國、馬來西亞、印尼一帶的金絲燕才能築可作爲補品的燕窩。

而最早發現金絲燕會飛入尋常百姓家的是馬來西亞的古城馬六甲，一時之間，當地人養燕風氣大盛。很多人把屋子空出來，將窗口遮蓋起來，以便讓屋子內部保持一定的濕度、暗度，營造燕子樂於築巢的環境，還有人在屋子內播放鳥鳴的音樂，把燕子「騙」進來。

今年以來，養燕的風氣也蔓延到與馬來西亞接壤的泰南北大年府。

北大年府因爲近來動亂頻傳，旅客卻步、居民遷移，當地猶如一座死城，但是人走了，燕子卻來了，不少人也因此而致富。

目前，北大年府大約有一百座房屋專門以飼養金絲燕來賺錢。當地一座建造中的酒店因爲經濟不景氣而停工，業主正一籌莫展之際，沒想到燕子卻來了，不旋踵之間，居然住進了多達一萬隻燕子，讓業主樂得合不攏嘴；還有一家福特汽車代理商，特地將車行一個樓層騰出，專門飼養金絲燕，樓下賣車，樓上燕子飛來飛去。

金絲燕愈聚愈多，北大年的地產開發商於是另闢蹊徑，推出「現成金絲燕公寓」作爲號召；更有些應運而生的「專家」，打出保證可以招來金絲燕的廣告，專門爲顧客設計、改裝讓燕子樂於入住的房屋。

如此一來，以後摘燕窩就不必冒著生命的危險，只要搬個樓梯就可以在自己家裡取得，價格當然會因之而下降，「用燕窩漱口」可能還眞是可以期待的夢。

對於飽受經濟摧殘的北大年人，雖然只能感嘆「無可奈何花落去」，可是見到翩翩而來的燕子，大概又免不了歡呼「似曾相識燕歸來」了。

泰國計程車

泰國是東南亞的旅遊大國，計程車行業當然很興盛，但是也正因爲旅遊業發達，所以計程車司機個個都是老油條，而且特別欺生。

泰國的計程車分爲三類，第一種是每個人都熟悉的正牌計程車，這是最舒服的，因爲有冷氣，同時也都以碼錶計費，但是記得一上車時就要跟司機確定是跳錶，否則到了目的地，司機兩手一攤說是忘記打開碼錶，就只得任他亂開價了。

坐計程車最頭疼的就是絕大多數的司機不說英文，萬一要找路，眞是雞同鴨講；更麻煩的是泰國人很客氣，你跟他說什麼，他好像都懂，一陣子「OK」之後，就是找不到地方。

二〇〇四年十一月到曼谷採訪亞太經合會議，泰國爲了面子，在湄南河上架起全世界最大的帆布看板，上面畫著王宮的圖樣，眞正的目的則是要把湄南河邊的貧民窟擋起來，免得被世界各地來的嘉賓看到。

我覺得這個報導題目不錯，就拿著刊有新聞圖片的當地報紙，跟計程車司機說要去架有這個大型看板的河邊，司機一看圖片就猛點頭說「Yes, Yes.」

車子三轉兩轉，司機停在路邊說「到了。」到了？明明是停在大馬路邊，四周行人熙來攘往，根本就不像河邊，我探頭一看，到的地方居然就是帆布看板上畫的王宮。

我知道他搞錯了，就說不是要去王宮，而是要去架設看板的地方，一邊則指著王宮說，「No, No, not here.」

那位司機見我氣急敗壞，一面說，「OK, OK.」隨即下車拿著報紙找到一位路人開始討論，兩人一邊指手畫腳討論一邊猛點頭，好像頗有心得也達致了正確結論。

車子重新啓動，二十分鐘後又到了另一處王宮。泰國宮殿的建築都差不多，他們一定認爲不是這一棟就是那一棟。拜託，這樣弄下去，我們會跑遍曼谷的宮殿也到不了目的地。

我靈機一動，掛電話給我住在曼谷的朋友。可惜我那位朋友因爲沒看到圖片，也無從判斷到底在哪裡，最後只好先到朋友的店

嘟嘟車是曼谷一大特色。

裡，研究圖片及新聞內容後，找出確實地點，由他的店員騎車帶我找到地方，其實就是所有遊客搭船遊湄南河的碼頭，距離王宮也僅只一箭之遙。

另外一種計程車就是著名的「嘟嘟車」。幾乎所有到曼谷的遊客都喜歡嘗嘗「嘟嘟車」的風味，但是這種車的駕駛是最欺生的，議價時最少要殺價一半以上，否則坐起來經常會比冷氣計程車還貴。有次我們有三個人坐「嘟嘟車」，講好回旅館八十泰銖，沒想到抵達之後，駕駛竟然用手指像點名一樣指著我們說「八十，八十，八十。」總共要兩百四十泰銖。我一火，把已經給他的八十泰銖一把搶回，「惡形惡狀」地說，「你到底要不要？」才解決了問題。

第三種則是摩托計程車，這種摩托車駕駛都穿著有號碼的橘色背心，幾乎每個街角都有，很好認。但是初來乍到者，還是避免一點。

在泰國辦事

儘管已經有心理準備，但是實際碰上時，還是覺得有些難以適應。

早就聽說泰國人辦事效率差，所以事前已盡自己所能做足準備工作，文件、照片、剪報……，不但帶了正本，也備妥足夠的複印本，心裡打的算盤是「兵來將擋，水來土掩」，絕不讓對方有拖延的藉口。

到曼谷要辦什麼事呢？也不過就是申請記者證及工作證。

事前，也麻煩我國駐曼谷代表處新聞組幫忙找了份申請手續相關規定傳眞到新加坡，一讀之下不禁「龍心大悅」。因爲上面寫著各種手續已經革新，現在是「流線型、一站式」，只要資料準備齊全，整個過程將是「無痛苦的」。

太好了。但是我還是不放心，所以訂機票及旅館房間時，特別準備了一個星期的時間。一個星期，總夠了吧。

到曼谷的第二天起了個大早，檢查好所有的資料，走到旅館大門找計程車，沒想到連續兩輛車的司機都搖搖頭，我問旅館門房怎麼回事？太遠嗎？塞車嗎？他居然也只是搖搖頭，什麼也解釋不出來。

我急了。趕緊聯絡代表處，麻煩他們帶我去泰國外交部。沒想到到了之後卻碰到第一個晴天霹靂。承辦人去開會，今天不在。承辦人不在，就沒有代理人嗎？沒有，只有她能辦。

那位接待處小姐笑容可掬遞給了我一個電話和名字，要我第二天打電話聯絡那位全外交部唯一能辦我的案子的小姐。

第二天起了大早，熬到九點半趕緊掛電話去，電話三轉兩轉終於轉到新聞司。這時，第二個晴天霹靂來了，原來那位蓬潘小姐不僅僅是去開會，而且是到瑞士開會，要到下星期一才回泰國。我用幾乎哀求的口吻問，「新聞司內沒有其他人可以接辦嗎？」答案還是輕聲細語的，「沒有，你最好等她回來。」

我眞的急了，於是掛電話給代表處與新聞司官員熟悉的劉副代表請求協助，結果得到外交部發言人的電話號碼，但是因爲他當時也要趕著出去開記者會，所以要我第二天再聯絡。

雖然失望，但是多少有些篤定，畢竟找到「大頭」了，由上而下壓下來，看你們怎麼推託！

第二天當然還是一大早掛電話去。一下就找到人了，順利得自己都不敢相信，而且對方顯然已經很了解我的case，給了我新聞司司長的電話，要我掛過去，說是已經交代好了。我突然對自己的辦事能力頗爲得意，總算有苗頭了。

電話掛過去，在開會。三個小時後，終於接通了司長，他顯然也很了解我的案子，但是談著，談著，他突然打斷我，然後不疾不徐地說道，「這類案子是由蓬潘小姐承辦，她出國開會，請你星期一再跟她聯絡。」

他也再度跟我確認，蓬潘小姐是「全泰國」唯一可以辦這個案子的人。

我眞的快瘋了。一九九八年奉調新加坡，找到住處簽約入住、架設電話、申請水電、裝設電腦，開始發稿作業，前後三天時間就完成了。

現在抵達曼谷已經第四天，連申請書都還送不進去，還得急著改機票、延長旅館訂房、掛電話給孩子要他放心，因爲老爸只是暫時卡在「一站式」的第一站裡。

這種「一站式」的服務，恐怕也是絕無僅有的吧。

見佛就拜

東南亞的國家，幾乎每個都宗教性頗強，譬如說印尼是全球回教人口最多的國家；新加坡人口最少，可是卻有近百分之七十信奉佛教；泰國南部的五個回教省分最近不太安寧，主要就是因爲該國是以佛教爲主的國家，以至於南部的回教徒感覺中央政府不重視他們；緬甸、柬埔寨都是著名佛國，和泰國一樣，這些國家的人民見面時，打招呼的方式都是雙掌合十。

回教徒每天禱告五次，但是基本上都是在回教寺爲之，也並沒有一定的聖像作爲對象，所以雖然禱告次數頻繁，卻不會給人「見佛就拜」的印象。

「見佛就拜」最嚴重的當屬泰國。有次和一位泰國朋友出外辦事，坐在車裡聊天，聊著聊著，突然他就雙手合十對著窗外拜了一拜，我轉臉一看，居然是座印度廟。我知道他是佛教徒，就跟他說，「這不是座印度廟嗎？」他好像有點不好意思，尷尬地笑笑說，「是啊，不過拜一拜也無妨嘛。」

更離譜的一次是坐計程車從曼谷前往機場，車子在高架的高速公路上飛駛，不想路的左前方突然出現一座金碧輝煌的寺廟，那位司機居然就雙手放開駕駛盤，合掌向寺廟的方向拜了兩拜，害我嚇出一身冷汗。

其實，拜佛眞的那麼有效嗎？

泰國的佛牌舉世聞名，售賣佛牌的店家、攤販也到處可見，有些號稱出自名刹的佛牌更是價値不菲，很多人都買來做成項鍊掛在身上保佑身家安全，也有很多人一掛就是一串。

可是兩年多前一位著名的新加坡黑道大哥在馬來西亞的柔佛州遭仇家亂槍打死，我印象最深的卻是新聞中提到他身上掛著三十幾面佛牌。

中南半島國家隨處可見佛像。

曼谷市中心有個全球聞名的四面佛，小小的地方，每天不知有多少的信徒前來膜拜，到了那邊，就完全可以體會到什麼叫做「香火鼎盛」，因爲只要進入那個範圍，不一會兒，兩眼就會被煙燻得眼淚直流。

也因爲如此，四面佛就成爲任何到曼谷的旅遊團必定安排的行程，旅客到了之後，自然也在「見佛就拜」的心理之下猛拜一番，香火就更旺到無以復加。

四面佛四周的人行道上，擺著成堆的鳥籠，裡面是讓人買來放生的小鳥。

幾年前我帶孩子到曼谷旅遊，當然也隨團參觀四面佛，孩子當時還小，對鳥的興趣遠大於四面佛。看著看著，我發現女兒的眼眶紅了，就問她怎麼回事？她說，「爸爸，這些鳥好可憐。」

我定睛一看，可不是嗎？那些小竹籠裡像沙丁魚罐頭般擠著一堆放生鳥，有些已經擠死在裡面了，賣的人不在乎，買的人也視而不見，只有孩子的眼睛比較單純，看得出大人看不見的、不人道的事。

我們後來更驚訝地發現，這些鳥被放生之後也飛不遠，只是飛到隔鄰凱悅酒店的樓層上，這些賣放生鳥攤販的孩子就在樓層上等著抓飛到那邊的放生鳥，抓到後交還給攤販再賣一次。

我跟孩子實在看不下去，就先回到旅遊巴士，等了很久、很久，全團的人才回來，我不知道該如何跟孩子解釋，他們也沒有再問，我們只是默默地坐在那邊，希望車子趕緊離開那個地方。

塞車

我在美國的紐約市住過十五年，塞車？那是小case了。所謂「曾經滄海難為水，除卻巫山不是雲」，經歷過紐約市的塞車，其他地方的塞車，哪裡還有看頭呢？

不過我錯了。泰國首都曼谷市的塞車還眞是「除卻巫山仍有雲」呢。

我有次到曼谷辦事，需要到外交部去，沒想到連找了幾部計程車，司機都搖搖手說不去，原因是那個地段塞車，塞車塞到計程車司機都不想賺錢了，還能說不厲害嗎？而且，外交部離旅館還不到十公里呢。

而且，計程車不去的地方還有很多，譬如說到了晚間，很多計程車就不太願意去唐人街，因為唐人街一到晚上，就有很多吃食的夜市攤販擺在街道兩旁，遊客又多，塞車情況頗為嚴重。這個時候，摩托車改裝成的「嘟嘟車」就大行其道了。

計程車司機對於塞車的情況自然最為了解，應對的方法也多。有些司機在塞車時就拿出報紙來讀，最精彩的是有次我乘車經過著名的席隆路，這條路是觀光街，當然是沒事就塞車，那位司機老兄在塞車的時候，居然拿出便當開始吃起午餐了，害得飢腸轆轆、坐在後座的我也垂涎三尺。

有次和朋友相約吃飯，我搭乘捷運兼走路，準時到達飯店，結果卻苦候對方不至，最後等到他的

曼谷塞車全球聞名。

電話，說是碰到塞車，搞不好一個小時內還到不了，我聽得出來他眞的是很不好意思，只好一直安慰他說沒關係，自己一個人吃了一餐。

這位朋友斗膽爽約，實在是因爲他太了解曼谷的塞車。有次塞車，他在車上睡著了，半小時後醒來，還在原處，連司機也睡著了。

另外一次，有朋友要到旅館看我，事先掛電話通知說她已駕車出發，大約一個半小時之後會到。我說，「妳住在柬埔寨嗎？」她笑著說，「唉，塞車啦。」

曼谷市的塞車和紐約市的塞車有些相似的地方，譬如說由於車多，司機不守交通規則、爭先恐後。但是也有不同的地方。例如紐約市塞車的其中一個原因是爛車太多，往往因爲一輛車的故障，而使得整條馬路塞起車來。

曼谷倒很少見這種現象，一般車輛的狀況也都還算不錯，引起塞車的原因主要是道路規畫不良，有很多地方，其實只要設置適當的號誌，就可以解決問題。

據我觀察，曼谷塞車情況嚴重還有一個原因，就是曼谷人似乎不喜歡走路，乃至於光是計程車就多達十萬輛。

我有時要去一些地方，因爲不熟悉道路，所以會向別人請教怎麼去，很多時候得到的答案都是先坐捷運，到站後再改乘計程車，但是我後來卻發現從捷運站到目的地其實並不算遠，走路，也不過十幾分鐘就到了，曼谷人卻寧願坐車，理由則是天氣太熱了，受不了。

另外一個原因是大衆交通工具還不完善，目前曼谷有兩線高架捷運，很多地方還到不了，所幸到年底，地下捷運就要通車，大家禱告吧。

湄南河看釣魚

搬到曼谷之後，爲了熟悉環境，採取最原始、最有效的辦法，走路。每天早上趁著買報紙的時候就逛一大圈，倒還眞發現不少好東西，豬肉粥、五穀粥、菜肉包、豆漿、菊花茶、粿條，都找到地方買了。

有天逛到靠近住所的湄南河渡輪碼頭，看到幾個人在釣魚，我從小就喜歡釣魚，當然就駐足一旁觀賞。

奇怪，三個釣魚的人，每個身邊都擺著幾大塑膠袋的麵包。作什麼用呢？自己吃，好像不需要這麼多呢；拿來作誘餌，丟到河中引魚群來？可是把魚群引到水面來幹什麼，好像也說不太通。

看著，看著，終於知道是怎麼回事了。

這些麵包其實就是魚餌，而且準備起來還頗費事呢。

這些麵包全是麵包皮，也就是一整條麵包切下來的前、後兩片，這兩片因爲帶皮，所以泡在水中比較能夠持久，不會一下就散去。

怎麼準備呢？

釣魚的人先把麵包皮攤平，像塗奶油般塗上調製的濃稠醬料，一方面讓麵包更有味道，引誘魚前來吞食，另一方面也可以再補強麵包的韌性。塗好之後就把麵包像壽司一樣捲起來，切成一段段，用根引著魚線、魚鉤的鐵針穿過，一串七、八個麵包捲，就像希臘的烤肉串一樣，穿好之後，魚鉤自然就藏在裡面，然後再將這串麵包掛上魚竿，往河中一甩，就開始釣魚了。

麵包餌串在河中是浮在水面的。這樣怎麼釣？

他們釣魚的地點是在香格里拉旅館旁邊，還眞只能這樣釣。

因爲住在香格里拉旅館的客人經常在河邊賞魚，邊看就邊把手中的麵包丟到河中餵魚，所以這邊的魚早已習慣吃麵包，而且是到水面來吃。到曼谷旅遊，有個必排的節目就是坐船遊湄南河，遊河的節目中又有一個是餵魚，所以湄南河這段裡的河魚，生活習慣與別處是不同的，釣魚的人因地制宜，魚，哪裡弄得過人呢？

其實什麼事都有學問。有次帶兒子到新加坡渡船碼頭釣魚，魚鉤一下去就鉤住底下的石礁，氣急敗壞一扯，魚線就斷了，還不到半小時，我們兩人的魚鉤、鉛錘都快折損光了。

可是不遠處一位老兄釣得風生水起，毫無問題。我湊過去觀察了一下，就發現了訣竅。

其實他根本就不用店裡買的鉛錘，而是用個小塑膠袋裝幾塊石頭充當鉛錘，這種ＤＩＹ鉛錘到了水中當然也會墜入石礁中，但是它的形狀不似眞正鉛錘的「見縫插針」型，不太容易落進死角，而且塑膠袋是滑的，即使落入石礁裡，一收魚線，它就滴溜溜的滑出來了。

道格拉斯

小時候住眷村，有位鄰居玩伴綽號叫做「狗屎」，我們上了初中之後英文頗有些「造詣」，於是給他取了個恰如其分的英文名字「道格拉斯」（Dog拉屎），他雖然覺得有些不雅，但也認為取得「滿有學問」，就勉為其難地認分了。事實上，到今天為止，還眞的只記得他的英文名字。

當時的眷村很流行養狗，多數是雜種土狗，主要是用來看家，反正人吃剩的就是狗的食物，不但不費事而且還環保得很。那年頭的狗也不是「寵物」，哪裡有什麼狗鍊之類的東西，狗都自由得像鳥一樣，到處亂跑，養的如果是母狗，還隔段時間就莫名其妙生一胎狗仔出來讓你頭疼。至於狗屎，當然就無所不在了，踩到狗屎也不是稀奇的事，自認倒楣回家洗洗腳就是了。

二十幾年前搬到美國，嘿，文明起來了。在那個地方，狗叫做寵物（pet），帶出門一定要用狗鍊拴著，否則狗亂跑咬到人，你就慘了，會被人家告得傾家蕩產；至於狗屎？你看那些遛狗的人，一手牽著狗，另一手拎著個塑膠袋。沒錯，跟著狗屁股後面揀狗屎，所以在美國最怕的就是狗拉肚子，稀里糊塗怎麼揀？

我在美國養過洛威拿犬，有個大雪天早上帶牠出去遛，雪茫茫眞的下得很大，四下又無人，心存僥倖地想反正一下就被雪蓋掉了，就沒把那熱騰騰還冒著氣的狗屎揀起來。

結果，居然被不知從哪裡冒出來的環境局的人捉到了，厲害吧。從此不敢再掉以輕心，乖乖地揀。

美國之後在新加坡住了六年，那個地方比美國還乾淨，所以幾乎連狗屎長得什麼樣子都已經記不眞切。

好在搬到曼谷了。

搬來的第二天早上出外買早餐。我的天，短短二十多公尺的路，是用「跳房子」的方式走出去的。全是狗屎。

曼谷的流浪狗眞多。我住的地方旁邊就是菜市場、熟食攤，每天有無數的狗出沒，其中有一半以上是癩皮狗，這些狗顯然都是沒主人的，也從沒有聽見任何人叫過牠們。

不過這些流浪狗都是老江湖，牠們早已習慣在熙來攘往的人群中過日子，對周遭的人完全視而不見，也沒有攻擊性，每天都懶洋洋的趴

為數甚多的流浪狗是曼谷一景。

在地上，所謂「懶人屎尿多」，用在懶狗的身上，好像也適用。

我也很快就發現，這些懶狗拉屎其實頗有「原則」，牠們都是半夜無人時大拉特拉，所以早上才會有這麼多狗屎；另外一個重大發現，就是八點以後大樓管理人員就會把狗屎清掉。那時再出門，就無須「跳房子」了。

老實說，只要不踩到，狗屎其實並不臭，幾十年後在曼谷見到這一坨坨狗屎，居然讓我懷舊起來，想起兒時玩伴「道格拉斯．劉」。

到了泰國不想走

搬到曼谷之後，新認識了些原先也從台灣來的朋友，大家一致的說法，就是泰國是好地方，來了就不想走。

我搬到曼谷三個月之後，就有同樣的感覺。

當然，每個人想留在泰國的理由並不完全一樣，但是也有些共通的地方。

我有位朋友那時剛剛退休回美國。我當時跟他說，爲什麼不考慮留在東南亞呢？這邊的生活水準低，機會也比美國多，日子會比較容易過。

可是他一早就規畫到美國退休，兼之還有孩子念書的顧慮，於是就去了洛杉磯。最近他送電子郵件給我，有些感嘆，因爲整天無所事事，生活的壓力也很沉重。他寫著，「你好像是對的，收入少了，還是應該到落後一點的地方。」

他其實只講對了一半，泰國並不落後，曼谷除了塞車的問題較爲嚴重之外，其他的方便並不輸給美國的都市。

至於生活水準低，那眞是讓人難以想像。

我到曼谷不久，就決定不在外國人習慣聚居的地方找住處，因爲很不喜歡見到那些西方人在當地

作者在泰北長頸族村落。

招搖過市，每個人的手臂上掛著個泰國女郎。這讓我想起三十年前的台灣，美國大兵手臂上吊著個台灣女郎在街上橫著走。

所以，我後來找到的住處是位於泰國當地人社區內，旁邊是傳統市場，捷運系統就在數步之遙，不但鬧中取靜而且方便極了。

我每天早上出門到市場繞一圈，早、午、晚餐就買齊了，全是料理完竣、地道的泰國菜肴，回到住處配著稀飯、冷凍水餃或麵條，唏哩呼嚕，三餐就解決了，每餐還有水果、甜點呢。

這樣，每個月伙食費要多少呢？老實說，由於實在太便宜，我眞的沒仔細算過，有次跟在美國的孩子打電話，告訴他們，「爸爸每個月的伙食費好像不到一百五十美金呢。」兩個孩子聽了差點笑翻，一百五十元，還沒我給他們的零用錢多。

以至於現在購物時，只要超過一百泰銖（約九十台幣），我都會覺得「好貴」。

泰國的另個好處就是可能因爲是佛教國家，老百姓出奇的和善，一天二十四小時，任何時間在街上逛，都不會有威脅感，這在東南亞的許多國家是辦不到的。

所以，我也不想走了。

泰式罰款

從來就只聽說泰式按摩。今天，來談談泰式罰款。

我一向奉公守法，因此搬到曼谷之後，第一件事就是打聽如何將摩托車牌轉成泰國牌照。哪裡知道，BMW代理商居然勸我不要轉，他們說手續非常繁雜，費用又高，不值得。

那麼，該怎麼辦呢？他說沒什麼大不了，照騎就是了，萬一被警察攔下，只要滿口英文，一問三不知，泰國警察幾乎都不會說英文，心理已經先矮了半截，然後最重要的就是塞點錢給對方，一切就OK了。他說「我們的很多顧客都這樣做，沒問題的。」我問他應該塞多少？他說一百元泰銖(台幣九十元)就夠了。

那好辦。

但是我還是不放心，因此去找了家公司代辦牌照轉換，這期間就一直沒騎車，主要靠捷運四處活動，摩托車停在公寓停車場，積了厚厚的一層灰。後來這家公司回報，說是有辦法幫我辦牌照，但是獅子大口一開，居然要價十一萬泰銖，我就決定「算了」，大不了不騎就是了。

後來有次需要到寮國大使館辦簽證，攤開地圖一瞧，捷運根本到不了，坐計程車嗎？我有太多跟泰國計程車司機「雞同鴨講」的經驗，弄得滿頭大汗還到不了目的地。當時就靈光一閃，為什麼不騎摩托車去？

於是下樓，把車上的灰塵撣掉，一按鈕，果然是好車，轟隆、轟隆地就啓動了。我跟警衛揮了個瀟灑的手勢，就出發啦。

曼谷的路標不清楚，相當難走，我初來乍到，更是不敢大意，一騎到十字路口，就像個小偷般東張西望，結果在一處繁忙的路口，居然被警察招手叫過去。

我當時心想「完了，完了。」於是趕緊裝出一副無辜的樣子，拿出地圖「先下手爲強」地問起路來，對方也滿配合，熱心爲我解說。然後，就在我滿口稱謝、轉身準備離去時，那位警察突然笑瞇瞇地說，「四百泰銖。」

我以爲我聽錯了，就問道，「是作什麼用的？」對方仍然笑瞇瞇地說，「你剛才停的地方不對。」

天知道我剛才停的地方對不對，我也沒見到任何不准停車的標誌，所以顯然他另有所圖，我當時確實有點想據理力爭，可是又心虛得很，怕我的「黑車」露餡，於是就當街跟他討價還價起來，最後以「兩百泰銖」成交。至於我車上掛的是哪一國的牌照？我究竟有無駕駛執照、保險？他問都沒問。

娶泰國老婆

台灣的外籍新娘大多來自越南、柬埔寨、印尼，而且除了泰勞之外，好像泰籍新娘的比例不像前述幾個國家那麼多。

不過，歐美人士顯然對泰籍新娘情有獨鍾。根據泰國國家經濟、社會發展局於去年發表的統計數字，泰籍新娘中有百分之七十四是嫁給歐洲人，嫁給亞洲人的僅占百分之十三，而且絕大多數是嫁給日本人。依照排名順序則是德國人居首，其他依次是瑞士、英國、瑞典、日本。

嫁給外籍人士的泰籍新娘又絕大多數出自於泰國東北部的高原區省分，至今爲止，至少已有兩萬名泰籍新娘外嫁。

事實上，瑞典駐曼谷大使館的規模是該國所有外館中最大者，而其規模之所以這麼大的原因，非關政治也無涉貿易，完全是爲了處理日益增加的瑞典男士與泰籍新娘的通婚案件。

最近，瑞典大使館還新開了一層樓，專門處理泰國新娘的簽證問題，這一方面的業務繁忙，已可見一斑。

由於案件日益增多，現在泰國新娘辦理前往瑞典的簽證往往要花上幾個月的時間，爲了解決新婚夫婦分隔兩地的困擾，瑞典當局也特別通融，讓泰籍新娘在正式簽證尚未辦妥之時，先以觀光旅遊

讀者服務卡

您買的書是：________________

生日：______年______月______日

學歷：□國中　□高中　□大專　□研究所（含以上）

職業：□軍　□公　□教育　□商　□農
□服務業　□自由業　□學生　□家管
□製造業　□銷售員　□資訊業　□大衆傳播
□醫藥業　□交通業　□貿易業　□其他________

購買的日期：______年______月______日

購書地點：□書店　□書展　□書報攤　□郵購　□直銷　□贈閱　□其他

您從那裡得知本書：□書店　□報紙　□雜誌　□網路　□親友介紹
□DM傳單　□廣播　□電視　□其他

您對本書的評價：(請填代號 1.非常滿意 2.滿意 3.普通 4.不滿意 5.非常不滿意)

內容______　封面設計______　版面設計______

讀完本書後您覺得：

1.□非常喜歡　2.□喜歡　3.□普通　4.□不喜歡　5.□非常不喜歡

您對於本書建議：

感謝您的惠顧，為了提供更好的服務，請填妥各欄資料，將讀者服務卡直接寄回或傳真本社，我們將隨時提供最新的出版、活動等相關訊息。

讀者服務專線：（02）2228-1626　讀者傳真專線：（02）2228-1598

廣　告　回　信
台灣北區郵政管理局登記證
北台字第15949號

235-62
台北縣中和市中正路800號13樓之3

印刻出版有限公司　收

讀者服務部

姓名：＿＿＿＿＿＿＿＿　性別：□男　□女

郵遞區號：＿＿＿＿＿＿

地址：＿＿＿＿＿＿＿＿＿＿＿＿＿＿＿＿

電話：（日）＿＿＿＿＿＿＿＿（夜）＿＿＿＿＿＿＿＿

傳真：＿＿＿＿＿＿＿＿

e-mail：＿＿＿＿＿＿＿＿＿＿＿＿＿＿＿＿

簽證前往，這在過去是不被允許的。

一般而言，歐洲男士娶泰國妻子的模式，並不像台灣人主要是靠婚姻仲介而是通過工作或同儕之間的互相介紹，而泰國東北高原區民風淳樸，當地女子對丈夫又特別體貼，照顧得無微不至，使得生活在女權意識高漲社會中的歐洲男士感受特別深刻。

一位名叫洛依可的德籍人士就對泰國《國家報》表示，「大多數的歐洲婦女自小就被教導獨立自主，德國婦女尤其如此，相較起來，泰國婦女的風味就完全不一樣了。」

泰國婦女願意嫁給外國人的原因就單純得多，絕大多數都是爲了要改善生活。一般來說，大部分的泰國新娘都跟隨丈夫回國居住，因此也可以享受到當地的福利。

一位名叫拉斯可的瑞典籍人士就表示，他的新婚泰籍妻子最近生產，瑞典政府每個月給她相當於四萬泰銖的補助，讓她能在家照顧孩子，孩子則每個月可獲得相當於五千泰銖的補助。這在泰國是完全無法想像的事，即使在曼谷，一般大學畢業生即使找得到工作，薪資也不過就是每月一萬泰銖上下。

坐渡輪遊湄南河

到泰國首都曼谷旅遊，湄南河是少不了的景點，河上遊船如織，最吸引人的當然是當年因007影片而出名的尖頭船，當地稱作長尾船（Long Tail）。

這種船船身細長，船頭掛著花串，船身五顏六色，船夫將一支馬達兼船舵的長桿伸入水中，駕起來飛快，坐在其中，身旁再帶著個如花美眷，還眞有007的感覺。

其實，湄南河的本名並不叫湄南河，而是湄柏拉亞河（Maenam Chao Phraya），Maenam（湄南）就是泰文「河」的意思，只不過湄柏拉亞河是泰國最重要的一條河流，所以對泰國人而言，湄柏拉亞就是河，河就是湄柏拉亞，早期的泰國華人於是就把「湄柏拉亞河」稱作「湄南河」了，這個美麗的誤會也使得湄柏拉亞河有了更動聽的名字。

湄南河貫穿曼谷市，因此所有的重要景點幾乎都在河的兩岸，例如王宮、玉佛寺、黎明寺……等等，都可以坐船抵達。曼谷市的路上交通壅塞不堪，空氣污染又很嚴重，簡直到了「受罪」的程度；然而坐船遊覽則讓人心曠神怡，又無交通堵塞的困擾，自然就成了最佳的選擇。

但是前述的尖頭船是專供「騙遊客」用的，雖然「拉風」可是船費頗貴，偶爾坐一坐倒無傷大雅，天天坐就吃不消了。

還好正因爲湄南河這麼重要，所以「灒柏拉亞快船公司」在河上經營了交通船，分成掛黃旗的慢船及掛藍旗的快船兩種，慢船每站都停，快船停靠的碼頭則較少，但是船費都很便宜，快船是統一價，每張票十五元泰銖（美金四十分），慢船則按距離收費，平均不到十元泰銖，兩種船的發班時間錯開，因此班次算是相當頻密。

更有意思的是慢船是上船之後才買票，售票員從船頭開始逐個收費，你如果要去的地方只有兩、三站，往往還沒等到售票員走到面前就已經要下船了，因此就可以順理成章的免費搭船，也沒有人會檢查下船的乘客究竟有沒有買票？

湄南河上的長尾遊船。

另外，幾乎每個碼頭都有橫渡湄南河的交通船，不但班次頻密而且收費更便宜，每次僅要三元泰銖，所以如果要去的地方在對岸，也完全不成問題。

所以，下次到曼谷遊覽，先到碼頭要一份湄南河遊船地圖，只要稍加研究，就可以「平到笑」（極便宜）地暢遊曼谷。唯一要注意的就是「灒柏拉亞快船公司」的遊船每天只到晚間六時三十分就收班了。

戒菸聖地

我從十五歲開始抽菸，前後三十九年的歷史，期間戒菸的嘗試無數，從來沒有眞正成功過。但是搬到曼谷後，居然成功了。

小時候第一次抽菸，抽的是絲瓜藤，那時看到大人一菸在手，酷得不行，但是年紀太小，沒有錢也沒膽去買菸，因爲村子裡的小店都是叔叔、伯伯開的，事機不密准被老爸痛毆，於是幾個小毛頭就摘下乾枯的絲瓜藤當作菸抽，還眞像那麼回事；上了初中之後開始有些零用錢，學校在市區，遠離村子，又有零菸可買，這麼一抽，就直到現在。

其實根據我的體驗，香菸並沒有生理上的癮而是心理上的癮。因爲如此，所以戒菸並非十分困難的事，弔詭的是，也正好是因爲如此，戒菸卻十分困難。

這話怎麼說呢？

由於吸菸不是生理上的癮，所以戒菸並不會像戒絕毒品那樣困難，要跟生理上的不舒適搏鬥。我自己的經驗是，戒菸的頭三天最難過，因爲每到平常該吸菸的時候，譬如說飯後、上廁所、聽音樂、看電視，或是見到別人拿出香菸，就會有「也來一根」的衝動。

這個時候如果能堅定心意熬過去，頂多一星期，就會覺得香菸其實很臭，聞到別人噴出的煙，甚至會下意識地掩起鼻子。

但是這就意味著戒菸成功嗎？

對不起，不是。

爲什麼呢？正是因爲香菸是心理上的癮，戒菸之後不管多久，如果遇到些特別的情況，尤其是情緒上的大幅波動，還是會興起吸支菸解憂的衝動，而且香菸到處都是，走幾步路就可以買到。心念一動，就破戒了。

我戒菸的次數不可勝數，最長的一次是戒了五年，自己都以爲沒問題了，結果遇到我此生中最困難的一段時間，就這樣破功了。

搬到曼谷之前，我已經可以做到一天只吸三、四支，而且是一天勞累之後回到居處才吸，但是我知道還是無法戒絕。

不過泰國從二〇〇五年五月起開始強制所有的香菸包裝必須印上令人觸目驚心的圖片，有的是肺癌患者的肺部解剖，有的是露出枯黃雜亂牙齒的嘴部，有的是抱著孩子正在吸菸的母親。看起來噁心極了。有天，我走進7-ELEVEN要買菸，看到這些香菸，眞是買不下手，抽菸，本來就是心理上的享受，誰要買這種「噁心」的香菸。

我就掉頭走出了店門，到今天沒有再抽過一支。後來，泰國更進一步，要求所有的香菸下架，不准擺設出來，只許放個牌子說「本店有菸出售」，就更不會刺激人們買菸。

到如今，即使有人在我面前抽菸，我也不再有衝動，應該是成功了吧？

戒菸之後，女兒很高興，我覺得這是最大的收穫。

曼谷交通規則

曼谷有很多交通規則，但是多數的時候並不算數。

有的時候，不知道從哪裡冒出的交通規則卻突然現身、發生作用，我有次被交通警察攔下，說是停在不該停的地方，我左顧右盼，就是見不到任何不能停駐的交通標誌，但是那位警察顯然是下定決心要罰我，討價還價之後以兩百泰銖成交，那錢，當然是進了他的口袋裡。

住在曼谷的外國人，多來自於有交通規則而且切實執行的國家，因此對於曼谷的特有現象頗不能適應，有些則歷盡「災難」之後研究出一套生存法則，訂成在曼谷的「另類」交通規則，節錄於下，僅供參考。

*在向交通警察繳交賄款之前，記得要將車輛完全停止下來。

*爲了不妨礙其他人的交通，請隨時準備好確實數目的賄款，免得引起「找錢」的困擾。

*如果您駕駛的是豪華的歐洲進口車，碰到警察所設置的檢查站時，請放心大膽繼續開，可以無須停車。

*如果發生小的交通事故，請確定至少擋住兩線道的交通，同時在交通警察大約三小時後趕到之前，不要移動你的車輛。

*如果在十字路口發現坐在崗亭內的交通警察睡著而忘記及時轉換紅綠燈，千萬不可按喇叭將他吵醒。

*如果見到公車司機在肇事後及開車逃跑時，一定要記得讓路。

*摩托車騎士「偶爾」必須戴上安全帽。

*碰到發生嚴重交通意外時，記得要讓個子較矮的人或老太太有機會擠到前面去看。

*喝酒之後，記得小心開車，還有一面打電話、一面開車，也要小心一點。

*白天，摩托車騎士一定要開頭燈，晚上開不開則隨意。

*你在馬路上有時候會發現劃成長方形的一條條整齊的白框線，在別的地方叫做「行人穿越道」或者「斑馬線」。不過在曼谷，假裝沒看到就是了。

順便報告一下，二〇〇五年二月分，泰國皇家警察局曾經對交通警察進行測試，考察他們對交通規則了解的程度，結果有六百六十五名沒有通過測試而被暫時取消開罰單的權力。

不過，泰國的交通警察也很少眞正開出罰單，他們只要口頭表示要開罰單，就可以收到錢放進口袋裡了。

塞人

曼谷的交通舉世聞名，可惜不是由於四通八達，而是因爲行不得也。我在新加坡騎摩托車，每次加滿油，可以騎到一百九十多公里才需要再加油，但是在曼谷，往往到一百二十公里就要再加油了，有時甚至低到一百公里上下，爲什麼呢？因爲油都在塞車的時候燒掉了。

曼谷的氣候又熱，每次在等塞車時，老想把安全帽的面罩掀起，但是不敢，因爲空氣被各種車輛排出的廢氣污染得很厲害，所以只好滿頭大汗地悶在頭盔裡，一面在心中暗罵。

塞車，除了造成所有市民的不便之外，能源的浪費以及對環境的污染更是可怕。在曼谷的街頭，交通警察、路邊小販甚至乞丐都帶著口罩，也是一大奇景。

因此很多人在提到曼谷的交通時，都不禁搖著頭說，「走路都比開車快。」其實，這個說法也不一定準確，因爲在曼谷的不少路段，「塞人」的情況比塞車還嚴重。

曼谷唐人街有條路叫做「納準旺」，是著名的服裝、首飾批發區，每天車水馬龍、行人如織，大多數是來此處購買批發貨的小商家以及撿便宜貨的觀光客，路兩邊的商家爲了陳列更多貨色，於是充分利用店面前的人行道堆貨，買貨、賣貨的人站在街邊議價，就苦了行人，這條街的起端又正好是唐人街的渡船碼頭，短短的兩百公尺，必須左閃右閃、見縫插針、見洞灌水地走，眞是要命。

這還算好的，「納渠旺」有一條旁街叫做中山街，一個星期裡有六天半，你根本就不知道那裡有一條街，因爲都是人擠來擠去塞在那邊，一直要到星期天下午，大多數的店家都已打烊休息了，你才會赫然發現，原來這裡竟然有條不算窄的街。

類似前述這樣的街道，在曼谷還有許多處，例如通渠要道石龍軍路，世界貿易大樓周邊路段、素坤逸路、席隆路、沙納甸……一帶，簡直不勝枚舉。

這個現象出自於，首先，當然是因爲曼谷市人口衆多，但是最重要的則是曼谷到處都是各式各樣的攤販，那些會「塞人」的路段，無一例外都是人行道被占用，少則一半，多則三分之二乃至於四分之三，僅餘一人可通過的空間。這樣，怎麼會不「塞人」。說起來自己都不相信，我曾經在石龍軍路的一個菜市場出口被塞在那邊五分鐘之久，走不動，也無處可轉。

曼谷的塞車、塞人，主要的問題還是出在管理的「軟體」，這些不解決，再多的捷運「硬體」恐怕也解決不了問題。

三碗豬俱樂部

任何到過泰國的人，所接觸或學會的第一句話，一定是「沙瓦滴卡」（Sawadee Ka）。事實上，泰國航空公司班機上所提供的飛航雜誌，名字就叫做「沙瓦滴」。那個「卡」，是泰語裡代表禮貌的語助詞，因此在泰國人的交談裡，你「卡」過來，我「卡」過去，「卡」聲此起彼落，熱鬧非凡。「沙瓦滴卡」大概是泰文裡最常被使用的一個詞。兩個人見面時一定會「沙瓦滴卡」一下；旅館、餐廳的服務人員招呼客人也「沙瓦滴卡」；分手時互道珍重，也是「沙瓦滴卡」。

「沙瓦滴卡」被使用得這麼廣泛，其功用當然不僅於打招呼而已，而且，哪裡有「哈囉」、「再見」是同一個詞的，因此「沙瓦滴卡」當然有祝福的成分在內。

可是有趣的是，「沙瓦滴卡」雖然一天到晚被泰國人掛在嘴上，但是卻幾乎無人知道其真正的意涵與確切的說文解字。

更有趣的是，「沙瓦滴卡」語助詞「卡」的發音有陰性、陽性之分。女性發音是有點撒嬌式的「卡」，音要拖長，嘴不能閉；男人的發音則是短捷的「卡拉」，發音完之後立即閉嘴，聽起來像英文的「俱樂部」（Club）。

很多初來乍到的人發不清楚前述的音，可是泰國人一聽就聽出來了。不過，對於台灣來的人而言，問題倒不大。女同胞只要用台語說「三碗豬腳」就可以了；至於男同胞嘛，就要說「三碗豬俱樂部（Club）」了。

作者在曼谷街頭。

殺價

泰國是東南亞首屈一指的旅遊大國，很多人到泰國旅遊，除了遊覽風景、古蹟之外，還有個很重要的享受，就是購物，購物裡又有個更重要的享受，就是殺價。

談起殺價，我的經驗就多了。

將近五年前帶兩個孩子到曼谷遊覽，晚上逛到著名的帕蓬區，這個地方是以色情表演出名，我帶孩子去，當然不是去看鋼管秀，而是因爲那邊到了晚上有數不清的攤販，販賣各式各樣的東西，多數是仿冒名牌，價格當然很便宜。

我們逛了兩個多小時，買了一些東西，我當場在孩子面前「狂秀」殺價的技巧，也就是從對方要價的三分之一開始殺，殺到最後大約是原價的一半成交。

我也同時給孩子機會教育，因爲他們當時剛從美國到東南亞，看到泰國東西這麼便宜，下巴都快掉下來。但是我跟他們說，不管他們認爲多麼便宜，還是要殺價，一方面固然是可以用更便宜的價格買到喜歡的東西，另方面也利用殺價來磨練談判、應對。

孩子當年一個十歲、一個九歲，聽進去沒有，我不知道，但是他們對我殺價的神勇表現卻頗爲佩服，說道，「爸爸，你好厲害，比媽媽還會殺價。」我則很得意的回以，「當然，爸爸跑過這麼多地方，這是小case。」

過了兩天要回新加坡，在曼谷機場等飛機，反正無事就逛逛機場內的免稅店，看到前兩天在帕蓬買的一模一樣東西，湊近一看，哇，居然訂價比我們在帕蓬的買價還便宜。

兩個孩子一看，也忘了責怪爸爸的「笨」，敵愾同讎地說，「那些賣東西的人好壞。」我當然覺得有點「糗」，但是也立刻逮機會上課，跟他們說，買東西最重要的就是要喜歡，想清楚再買，只要是真正喜歡，再貴的東西都不算貴。心裡則暗下決定，「下次殺價，從十分之一開始！」

搬到曼谷之後，閒時自然是大逛特逛，發現了更多有趣的攤販集中點，其中有一處是靠近大皇宮渡船碼頭附近的地攤。這些地攤賣的多數是古董、佛牌，人潮如流，很多人蹲在路邊，用自己準備的小型隨身放大鏡檢視這些「古董」，然後討價還價。

我入境問俗，也買了個隨身放大鏡，講價時也拿出來瞇著眼睛檢視貨品，其實天知道我在看什麼？對我來說，那只是個講價「工具」而已。就這樣，我也先後買過一些洋洋自得的東西。

直到有天我「不小心」逛進小巷子裡，發現裡面竟然有個古董市場，外邊路邊攤販賣的東西，裡面不但都有，而且便宜得一塌糊塗。我費盡力氣揮汗殺價，用五百泰幣買的一個古味十足椰子殼雕刻，在市場裡居然是「堆在那裡」賣，每個開價才一百五十。

外面那些人蹲在地上用放大鏡檢視的佛牌，其實大量生產的「工廠」就在這個市場裡。好笑的是，從外邊街上轉進市場，距離還不到二十公尺，只不過多數人都不知道小巷內另有玄機，全都在外邊努力殺價呢。

曼谷地攤

曼谷是著名的「血拚」聖地，許多人到曼谷，是純爲購物而來，頂級的購物中心有最新開幕的「暹羅大鑽」（Siam Paragon）、鄰近不遠的「蓋梭安」（Gaysorn）、老牌的「大百貨」（Emporium）；中級的如世貿中心、暹羅中心都是旅遊巴士必到之處；喜愛便宜貨又有逛街癮的，一定不會遺漏聞名全球的週末跳蚤市場「乍都節」以及位於市內的「雙龍觀光夜市」。

我在曼谷住了一年半，前述的地方當然都去過了，但是除了一些音樂光碟之外，從來沒有買過任何東西。

原因也不複雜。

頂級購物中心裡都是世界名牌，在任何大城市裡都有。換句話說，名牌則名牌矣，可是正因爲到處都有卻反而沒有特色，更重要的是幾乎都貴得離譜，以我的這副德行，即使穿戴名牌也不會有人信，幹嘛花那個錢？

中級品嘛。嘿，嘿，在下口袋裡雖然沒兩文錢，可是卻自視頗高，也就是說「很有品味」啦。在這種情況下，中級購物場所也對我沒什麼吸引力。

「乍都節」？拜託，我從小的食、衣、住、行都跟夜市便宜貨脫不了關係；後來到美國當窮留學生，念書兼打兩個工弄得每天兩眼發花，結果食、衣、住、行仍然擺脫不了跳蚤市場。現在年過半百，難道還要與跳蚤市場為伍嗎？當然不，所以我只好逛地攤了。

曼谷的地攤其實眞有特色，是喜歡尋寶者的天堂。

曼谷地攤爲什麼有特色？因爲這些地攤的生意不是針對外國遊客，所以賣的都是本國的舊貨，看在我這個「外國人」眼裡，當然就變得有特色了。

曼谷地攤的「大宗物質」是佛牌，這種據說有護身作用的佛牌名堂可多了，年代、造型、材質甚至究竟是哪尊佛，無一不講究。

幾乎所有的顧客都自備放大鏡，發現有中意的佛牌之後，立刻煞有介事的從口袋中掏出放大鏡仔細檢視。我有陣子也買了個放大鏡，如模如樣地掏出來驗貨，可惜實在看不出個所以然，後來不小心弄丟了，就沒有再補買，佛牌倒是陸陸續續買了不少，跟有沒有放大鏡一點關係都沒有。

賣佛牌的地攤多數在大皇宮附近的「象佛街」，這是條古色古香、兩旁有高大路樹的老街，佛牌擺在地上，沾染到古氣，假的都像眞的。

另外就是佛像。泰國的佛像以銅鑄爲主，仿舊仿得維妙維肖，許多名店裡賣的其實都是貴得嚇死人的假古佛，倒是地攤上不時還眞找得到好貨，價格也公道。

古佛地攤以在唐人街附近、曼谷市立醫院一帶較爲出名，不過只有週末才開市。唐人街石龍軍路則每天都有地攤，大多數時候貨物一般，不過有時還是會有令人驚豔的發現。

另外，逛地攤逛累了還可以「馬殺雞」一下。在曼谷皇家田左近法院大廈周圍的地攤，有幾攤居

曼谷地攤也有馬殺雞。

然是「馬殺雞」，光天化日下，客人在人行道上鋪著的草蓆上「大」字一躺，赤著上身的師父就當街「馬」起來了，也算是曼谷奇景之一。

逛了半天沒找到喜歡的東西，覺得很「衰」？沒關係，再多走幾步到皇家田廣場去，那裡有成排的算命攤，那些算命的師父看起來一個比一個潦倒，算得準不準還真的說不準呢。

過馬路

兒子從美國來，帶他在曼谷逛街，綠燈一亮，他悶著頭就要過斑馬線，我一把拉住，說道，「喂，看清楚再走。」

他說，「不是綠燈嗎？」我說，「是綠燈沒錯，但是這個綠燈跟你們美國的綠燈不同。」說著，一輛車「唰！」的一聲從我們面前過去，嚇得他立刻縮回來。

東南亞的許多國家裡，過馬路是個大學問。

孩子在美國長大，又在新加坡跟我住了五、六年，都是守交通規矩的地方，紅燈停止，綠燈前進，斑馬線上的行人最大，閉著眼睛走都沒問題，因爲所有的車都會停下來等你。

但是這套規則在泰國行不通，泰國（其實馬來西亞也一樣）人一坐上駕駛座就覺得自己全世界最大，行人當然要閃一邊，所以斑馬線在泰國是「透明」的，絕對不能把它當眞，要戒愼恐懼地過。我自己是在斑馬線上被駕駛人按過許多次肝膽俱裂的喇叭之後，很不心甘情願地得到並且接受了這個結論。

簡單地說，在曼谷，綠燈不表示你一定可以過馬路，但是紅燈也不是說你就一定不能過。不過憑良心說，泰國駕駛人對紅綠燈還算是頗爲遵守，可惜其變換燈號的設計好像有點問題，有的地方沒道理的長，一等好幾分鐘，很多行人不耐煩等，就會在紅燈時照樣過馬路；有些路口又出奇的短，幾秒鐘就換燈，行人只好用跑的，引起環生險象。

最麻煩的就是沒有紅綠燈的行人穿越道（斑馬線），那眞是搏命。最常見到的景象，就是先有一、兩位行人在路邊觀望，然後人愈聚愈多，膽子就大起來了。終於，車陣裡出現了個小空檔，一夥人就不約而同地舉步殺入車陣過馬路，眞有點「集體赴難」感覺，好在通常擁擠路段的車速不快，汽車駕駛碰到這群「有膽撞撞看」的行人，也只有讓路了。

在印尼首都雅加達過馬路就更加恐怖。雅加達車多、人多、摩托車也多，最要命的是幾乎沒人守規矩，任何路口都是人、車混雜在一道爭先恐後，紅綠燈、斑馬線全是虛設，基本上是「愛拚才會贏」的狀況。

唯一的好處是大家擠成一堆，所以速度都很慢，摩肩接踵是有，眞正撞成一堆的情況反倒不容易發生，這是交通亂卻不見得眞危險的怪例。所以在雅加達過馬路看似危險其實「安啦！」

我有次在中美洲巴拿馬首都巴拿馬市的街上要過馬路，那裡車不多，行人更少，可是我在路邊足足等了五、六分鐘過不去。爲什麼？因爲沒有紅綠燈，車子雖不多，但是一輛接一輛疾駛而過，卻沒人會停下來讓行人，也因爲車不多，所以速度都滿快，我想冒險過去，但是想到「國家還需要我」，就算了。

小心唷，可能是個男的

搬到曼谷一段時間之後，女兒從美國寄來電子郵件，寫著，「爸爸，你有沒有交新的女朋友，小心唷，她可能是個男的，哈，哈，哈。」

我覺得家庭教育太失敗，怎麼可以這樣取笑老爸，簡直沒大沒小，於是回了封電郵，「謝謝提醒，我已經碰到三個，後來發現是男的，都分手了。」

女兒雖然是開玩笑，卻是曼谷的眞實寫照。說得誇張一點，曼谷到處都是人妖，而且那些人妖有些還是眞的漂亮，不開口說話，很難判斷究竟是男是女。

最讓我訝異不已的眞實例子就發生在我一位好友的身上。他到曼谷玩耍，有天晚上在紅燈區「釣」到一位美女，帶到旅館裡裸裎相見之後，才「魂飛魄散」地發現對方是個男的。

說很難判斷嘛，其實也不很準確。因爲人妖通常個子較高、肩膀較寬，上身跟腿長的比例總是讓人覺得有些「怪怪的」，可是從後面看，確實很難肯定，繞到前面盯著人看，不太禮貌也不好意思，而且曼谷人對人妖根本見怪不怪，你在那邊少見多怪，別人還覺得你怪呢。

正是因爲曼谷在這方面相當開放，人妖也好，同性戀也好，在曼谷好像都是很正常的事。過去在報章、雜誌上讀到一些港、台演藝人員是「同志」的報導，當事人基於各種原因矢口否認，可是我

泰國變性教父披里查醫師。

就見過好幾位這類報導的主角，在曼谷街上大大方方地跟「伴侶」走在一起。

我向來不喜交際，在曼谷認識的人也頗有限，裡面居然就有幾位有同性戀傾向的人。

我的兒子今年十六歲，頗有乃父之風，帥得不行。他不久前趁著假期到曼谷來看我，我帶他到熟悉的觀光夜市閒逛，結果夜市裡我認識的一位小朋友（男的）見到我兒子之後驚爲天人，又要電話又要電郵地址，嚇得兒子當場落荒而逃。

其實那位小朋友很和善，也是位頗有藝術天分的孩子，自己設計服裝在夜市裡銷售，他的計畫就是存夠了錢去動手術，變成女的。

在曼谷，幾乎每家醫院都有變性手術的服務，而且價格不貴，很多歐、美國家的人都到曼谷來動手術。不久前我去採訪了泰國變性教父披里查醫師，他一個人就曾經爲兩千多人動過手術。這恐怕是世界紀錄。

我兒子來看我之前，我問他要不要在曼谷動割包皮手術，因爲比美國便宜很多。他說，「不要，不要，這些醫生一天到晚做變性手術，萬一手癢忍不住把我『割掉』，那就慘了。」

水燈節運毒

東南亞國家因爲種族相當多元，因此有不少有趣、有特色的節慶，譬如說每年一月下旬都會在馬來西亞、新加坡舉行的大寶森節，這是興都教徒的節日，在這一天，還願的興都教徒全都光著膀子在大街上「苦行」，不但頂著重達十公斤的針座，全身上下還插滿了鐵條、鋼針，掛滿了鉤子呢。我在新加坡住了六年，每年都興致勃勃地跑去看、去拍照。大寶森節算是相當忠於傳統的節日，一切遵循古禮，看到那些信徒在烈日下步步艱難地走向廟宇敬拜神，其實頗令人感動。

但是有些特別的節日因爲迎合觀光，就逐漸變了質。每年四月間流行於泰國、柬埔寨、寮國、緬甸的潑水節，就是一例。

現在的潑水節，還眞是名副其實的潑水，眞有許多人就直接端著臉盆潑水，在泰國北部名城清邁，很多人更直接從貫穿市中心的運河裡舀髒水來潑；更殺風景的就是每到潑水節，當地人及遊客幾乎人手一支各式各樣、花花綠綠的塑膠水槍，互相射來射去。好玩當然還算好玩，只是總覺得味道完全走樣了。

泰國還有個很美的節日，就是每年十一月中旬的水燈節，這個節日是在當月的月圓之夜爲之，大家穿上傳統服裝歡欣歌舞，然後把用香蕉葉折成、上面置有蠟燭的水燈（Krathong）放在水上漂流

泰國北方邊界與寮國僅隔不足十公尺寬小河。

而去，象徵所有的厄運隨水漂逝，屆時萬千水燈漂在河上，眞是好看。

但是現在這個節日也開始變質了。

首先，近幾年來，愈來愈多人採用不是香蕉葉、花朵等天然材料製作的水燈，這些燈漂到河上會造成嚴重污染；其次，泰國青少年愈來愈開放，晚近水燈節也已經逐漸變成青少年男女狂歡、酗酒、濫交的大好日子，很多少年男女也都是在水燈節之夜失貞，弄得泰國教育部當局居然揚言要在水燈節當晚派人到幾處熱點的情人旅館站崗。

更離譜的就是泰國當局接獲情報，指稱泰、緬邊境的毒販準備在水燈節時利用水燈載運安非他命從緬甸漂來泰國。泰北美賽縣和緬甸大其力只隔一條寬不及十公尺的小河，到時載有安非他命的水燈「萬船齊發」，那還眞是捉都來不及捉。

污染的河流

這陣子泰國進入雨季尾聲，卻像是欲罷不能，接連數日下起豪雨，湄南河水一日數漲，大量的浮萍隨著河水從上游千軍萬馬浩浩蕩蕩而來，甚是好看。

住在河邊的我，經常搭乘渡船四處遊逛，閒時也喜歡在河邊看人釣魚，那漂來的浮萍簡直多得讓人想振臂歡呼，很多漂到碼頭邊遇上阻礙後開始堆積，愈積愈多，厚厚的一層，居然可以讓人像達摩般在上面行走。

可惜的是，這種自然界的奇景卻夾雜了十分難看又令人傷心的畫面，就是綠油油的浮萍裡面卻夾纏了無以計數的塑膠瓶、保力龍盒子，當然裡面也必然的有許多浮木甚至於漂浮死魚之類的東西，但是都沒有那些可厭的塑膠瓶以及異常突兀、白得刺眼的保力龍來得令人覺得礙眼，讓人有不知道該怎麼辦的無力感。

浮木，遲早會腐爛，在漂浮的日子裡，也會成為一些生物賴以棲息的地方，譬如說對水中小魚虎視眈眈的魚狗、鷺鷥等等，甚至躲過魚狗的小魚也會睜大眼睛啄食那些日子久了就附著其上的青苔。

這些都是自然的一部分，就如同死魚漂在河面是生態的一部分，不會令人覺得奇怪、不舒服。但是怎麼辦呢？那些無所不在的塑膠瓶、保力龍盒。湄南河上經常有清潔船在撈這些東西，只是哪裡撈得完？又哪裡來得及撈？

不要說湄南河了，曼谷市區內有很多運河，這些運河的河道比湄南河窄得多，從早到晚清潔船在那邊穿來梭去，河道還是那麼髒。看來是沒辦法了。

正是因爲河道髒，所以交通船兩側都裝有帆布，船一啓動就拉起來，以免髒水噴進船內。乘船是多麼浪漫的一件事，但卻無法欣賞兩岸的風景。

東南亞都市內的河流幾乎都有嚴重的污染問題。

幾年前到馬尼拉，見到一條只剩名字還可稱作「河」的運河，因爲根本就已是條臭污泥溝了，那水也不像水，而是像龜苓膏般的黑漿，上面漂浮著各種垃圾。雅加達也是一樣，那邊的河全只配稱作「溝」，溝裡面的黑漿上當然漂著垃圾，坐在車裡似乎都能聞到臭味。

曼谷只有湄南河勉強撐住場面，到現在還有人在裡面洗澡、刷牙，只是能再撐多久呢？印尼加里曼丹早年在荷蘭殖民時代開挖了許多運河，運河兩邊也種了成排垂柳，當年的景致想必很美，少女穿著沙龍在河裡浴身，現在只剩偏遠地區的運河還有人敢跳進去梳洗，其實也已經很髒，當地人恐怕只是長久以來習慣了，或是家裡用水不方便，才不理會那個髒吧。

都市內河道污染，清一色都是人禍，大家圖方便，什麼東西都往裡面丟。曼谷皇家田附近有條運河，兩邊住家、攤販的廢水、殘羹剩菜、垃圾甚至於排泄物全都進了運河，怎麼會不髒、不臭？

我常常去那邊逛地攤，居然看到有人在黑色的運河裡釣魚。那樣的髒水裡還有魚嗎？就算有，釣起來，能吃嗎？

眞的是便宜

二〇〇四年八月離開住了六年的新加坡搬到曼谷，原因有二。一是女兒、兒子先後回去美國就讀，過去爲了孩子教育而留在新加坡的考慮已經不再存在；其二是他們回美之後我的負擔反而加重，新加坡雖好，但是生活水準太高，搬到曼谷可以節省許多開支，匯給他們。

那年七月陪兒子赴美就讀，後來在洛杉磯一家日本餐館和兒女話別，詳細列舉了我在財務上爲他們作的安排。十六年以來，兒子第一次問我，「爸爸，你一個月到底賺多少錢？」

我老老實實地告訴他。兒子立刻眼睛一紅，把臉別了過去。他心裡難過，是因爲知道我把絕大部分的收入都給了他們；我也難過，是因爲覺得自己無能，還要孩子爲這種事情擔心，於是強忍著眼淚跟他說，「我很感激你問我，但是不用擔心，我都安排好了。」

其實我能安排什麼？也不過就是搬到比較省錢的地方去節衣縮食而已。

但是曼谷眞是便宜。

我住的地方是泰國本地人社區，各種東西都便宜，多年來我維持了極簡的生活習慣，早、晚兩餐都是生菜、水果，這兩樣在泰國市面上都是琳瑯滿目又便宜的東西，吃起來簡直不知道還要算錢。

我有次買了一整個西瓜，花了六十泰銖（美金一塊五）。這個錢，還要算嗎？

中餐所吃的「人間煙火」，也都是在傳統市場或街邊隨手可以買到的熟食，一小塑膠袋的泰國美食，或是綠咖哩蝦仁，或是紅咖哩豬肉，或是四季豆炒魷魚，二十泰銖（美金五十分）一包，帶回家拌在麵裡或是配著水餃，可以分成兩餐才吃完。這個錢，需要算嗎？

所以我在曼谷生活從不記帳，有什麼好記的？雞零狗碎累死人。搬來半年之後，我就很有把握地掛電話給兒子、女兒，告訴他們「爸爸在這邊的生活費每個月不到一百五十美元呢。」

他們在電話那一頭笑，我聽得出來那種「你別開玩笑」的味道，因爲我每個月給他們兩個的「零用錢」都已經是各自兩百五十美元了。

後來他們在暑假期間來探望我，實際上跟我住了一段時間，就相信了。女兒還說要到泰國來念大學，這當然是體諒老爸的辛苦，我很感動，因爲泰國的大學眞是便宜，我幫她找了一所曼谷的「貴族」大學，每學期學費才一千美金出頭，在美國？恐怕只夠買書。我跟女兒說，「妳就儘管念吧，念個二十年都沒問題。」

前兩天，泰國政府體恤近來物價有上漲的趨勢，於是開始了「十銖便當飽腹計畫」，第一梯次推出一千輛手推車，在各處銷售每只泰銖十元的便當，每天有四種口味，菜色包括荷包蛋、滷蛋、零陵香（九層塔）炒肉或辣湯澆飯等等。

泰銖十元？美金二十五分而已。這個錢，有誰想去算它呢？

我住在新加坡的時候，有時會過長堤到馬來西亞的新山去，覺得馬來西亞什麼東西都便宜。現在在曼谷住了快一年半，上個月到吉隆坡採訪東亞高峰會，心裡的感覺卻變成，「乖，乖，馬來西亞的東西怎麼這麼貴！」

學學泰國

泰國上議員巴汀二〇〇五年十一月七日提出辭呈，辭去上議員的職務。

他為什麼辭職呢？

因為年逾七十的巴汀在二〇〇四年十一月三日上議院開會期間，與北方夜豐頌府選出的上議員阿倫發生激烈爭執，寶刀未老的巴汀聲稱為了自衛，對著帶有威脅性向他走來的阿倫「砰，砰，砰」幹了三拳。

這是泰國君主立憲七十二年來的頭一遭，輿論自然大譁，還有評論乾脆直接把泰國議會改名為「泰灣（Thaiwan）議會」。上議院議長蘇春則很「阿Q」地說，「儘管這是個空前的醜事，但是比起台灣立法院，只是『小巫見大巫』罷了。」

巴汀當時就表示他並不後悔對阿倫出拳，但是他的行為玷污了議會，所以他會辭職以負責。

但是為什麼等了一年才辭？

因為如果那時就辭，按照泰國法律規定必須要補選，將會耗費上千萬泰銖的補選費用，可是那屆上議員任期到二〇〇六年三月二十一日屆滿，現在依法議員出缺已無須補選，所以巴汀選在這時提出辭呈，守住了諾言，也為國家節省了經費。

巴汀是位十分負責的議員，他在辭職之前還主導查處國家肅貪委員會自肥案，導致全體肅貪委員辭職。這樣一位風骨嶙峋的議員辭職，其實是泰國的損失，何況事情發生後包括輿論在內，並無任何人逼他辭職，而且事隔一年，絕大多數人早就忘了。但是他還是辭了。

台灣一向以民主自豪，對周邊國家的民主也常常顯出高高在上的樣子，但是台灣的國會議員經常要等到議場內電視攝影機架好後才「幹架」，議員打架頻率之高，早已成為世人的笑柄，卻到今天似乎也沒聽說過有誰感到慚愧，更別說辭職了。

其實，泰國值得讓台灣學習的地方還眞不少呢。

有次在曼谷逛街，正巧碰到學校放學，見到老師站在校門口，學生們一個個規規矩矩地向老師合十敬禮告別才出校門，學生、老師都笑瞇瞇地，沒有一絲勉強的樣子。

我感觸很多，在那邊看了很久，很久。

有次我在台灣《中時晚報》發表了篇〈決定作次LKK〉短欄，表達我對以民主、自由之名開放髮禁的反對態度，裡面提到對學生髮式的規定就如同老師進課堂時學生「起立、敬禮、坐下」一樣，都是種對禮儀的訓練。

我當然知道自己「反對開放髮禁」的想法不合潮流，所以才自行先承認是「LKK」，也準備好被「K」個滿頭包。但我沒想到的是，有讀者的反應竟是「老師也是出來做事的人，我們為什麼要跟他們敬禮。」

唉，說的也對啦。難怪孔老夫子也要感嘆「禮失而求諸野」。只是不知道誰才是眞的「野」？

邊貿火紅，泰北小鎮變紅燈區

中國近十多年來經濟飛速成長，在地理上較為接近又有接壤的區域內國家如越南、緬甸都與中國有火紅的邊貿，甚至於很多邊境城市的面貌都因此而產生了變化。譬如說越南的芒街、諒山，當年兩國軍隊在那裡拚得你死我活，一片焦土、死傷無數，那首出名的〈雪染的風采〉，唱的就是中、越邊境戰爭的慘烈。

只是曾幾何時，兩地都因與中國的邊境貿易而大發特發，市面之繁榮，完全看不出曾經發生過戰爭，中國商人、商品充斥街頭。戰爭，早就被遺忘了。

泰國雖然並未與中國直接接壤，但是瀾滄江從中國進入中南半島之後被稱作的湄公河卻流經泰國、寮國邊界，許多中國的貨船也就順著這條河來到沿岸國家，其中一個口岸就是泰國北方清萊府的港口小鎮清善（Chiang Saen）。

最近十年間，大量的中國人來到清善開設船務公司、餐館，炒地皮，使得當地人備感競爭的壓力。但是最讓當地人感到吃不消的，就是原本淳樸的小鎮，現今已是馬殺雞店、卡拉OK酒吧林立，夜夜笙歌，變成十足一個城開不夜的紅燈區。

為此，當地有兩百名居民已經組成了名為「愛清善」的組織，希望喚醒大家共同維護這個古老小鎮的文化、歷史、宗教傳統，不要不知不覺間就被那些夜生活給吞滅了。

清善是典型的泰國小鎮，自古以來就相當單純、樸實，還被稱作是泰國「蘭納文化的搖籃」，單單在小鎮中心就有八十座古廟，雖然這些廟宇多已經廢棄，但還是吸引許多西方遊客的主要景點。只不過現在小鎮中心已經如雨後春筍般出現了十二家按摩院，另外還有十間小型的卡拉ＯＫ酒吧，而這些營業場所的顧客，幾乎清一色是停泊在港口的中國貨船船員。

「愛清善」的一位成員尼提就對《曼谷郵報》表示，「我們現在很擔心孩子以爲這種（按摩、卡拉ＯＫ）就是正常的生活。」

尼提很直率地表示，其實大家都知道按摩院只是幌子，它們眞正提供的是性服務，而且中國人好賭，這種風氣現在也被帶到清善。尼提也認爲中國人的到來，對於泰國人原來的文化有不利的影響。他說，「我們可以很容易就分辨出誰是中國人，誰是本地人，因爲中國人喜歡在街上大吼小叫。」

現在，「愛清善」正在努力遊說當地政府，希望能夠把港口移往別處，只不過在「經濟掛帥」的現況下，成功的機率顯然並不大。

一間卡拉ＯＫ酒吧的泰籍老板娘卡薇蘿就表示，她的酒吧營業對象以中國人爲主，「爲什麼？因爲他們有消費能力啊。」

另外一個不得不對經濟低頭的例子，就是清善當地的年輕學子，有愈來愈多的人開始學習華語，因爲趨勢就是他們將來可能都得用華語跟中國來的商人打交道。

看起來，清善的按摩院、卡拉ＯＫ酒吧將來恐怕只會多，不會少。

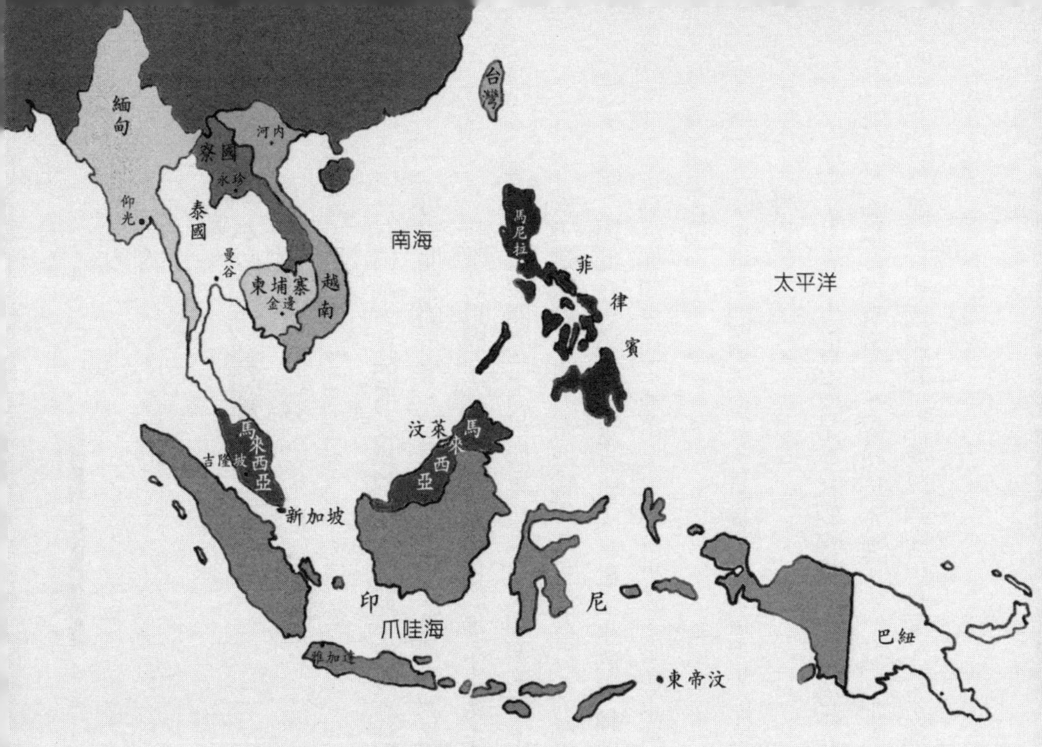

柬埔寨、印尼、馬來西亞
菲律賓、越南、緬甸

Cambodia,Indonesia,Malaysia
Philippines,Vietnam,Myanmar

公路馬殺雞

有位做生意的朋友找到我，說他在中國拿到一家汽車廠的代理權，想探問一下東南亞這邊有沒有可以開發的市場，因為他知道我在柬埔寨認識一些人，所以希望知道在柬埔寨發展的可能性。

我當時只問了一個問題，「你的那家車廠生不生產四輪帶動車？」

我這樣問的原因很簡單。因為柬埔寨的路況太差，很多地方只有四輪帶動車才搞得定，再加上治安不是很好，也只有四輪帶動車的設計，方便攜帶長槍的保鏢坐在後座。

因此在金邊市，達官貴人喜歡乘坐的車輛並不是賓士、富豪、寶馬，而是日本產製的四輪帶動車。你如果在金邊街上見到沒車牌、暗色車窗的四輪帶動車呼嘯而過，不用懷疑，一定是什麼重要人物。

柬埔寨的路況不好，是長年內戰留下來的後遺症，近幾年雖然略有改善，但是很多地方還是行不得也。

我在一九九七年第一次到柬埔寨，完成採訪任務後想造訪一下聞名已久的「殺戮戰場」，沒想到司機卻面有難色，說是「太遠了。」我問他有多遠，他說大約二十幾公里，我當時真有些火，心想堂堂《中國時報》記者見過多少世面，是這樣給你玩的嗎？二十多公里能有多遠？於是立即態度堅

柬埔寨馬德旺到百靈之路百孔千創。

決「下令」出發。

結果還眞的「很遠」，二十幾公里的路，居然花了快一個小時。因爲出了金邊市之後，路上全是坑洞，又適逢雨季，車子在路上東轉西閃，完全是像蛇一樣地迂迴前進，所以那天終於回到旅館後覺得很不好意思，特地多給了些小費。

後來有一次到柬埔寨與泰國交界處的紅高棉老巢百靈採訪，那次先搭機到馬德旺，然後循陸路前往百靈，那條公路的長度是八十公里，其破爛的程度眞是嘆爲觀止。

上次到「殺戮戰場」，路上雖然多坑洞，但是基本上還可以迂迴繞行，而馬德旺到百靈的公路上坑洞之多、之大，已經到了繞行都不可能的地步，車子只能在路上一個洞、一個洞的「爬」過去。八十公里，爬了五個小時。

當時採訪完之後，想到那條路，眞的是不想

回去了。

我向來有「認枕頭」的毛病，所以出外採訪經常因爲睡不好而背痛，那次也是一樣，在金邊時就已「發病」，痛得無法直腰、不能轉頭，哪裡曉得那趟路來回十個小時如同在車內「彈跳」的顚簸，居然把我的背痛「馬殺雞」好了。

眞是神奇。

有什麼好混？

一九九七年到柬埔寨金邊市採訪竹聯幫「精神領袖」陳啓禮，閒聊時他對我說，「你有沒有注意到柬埔寨男人穿襯衫都不紮在褲帶裡，因爲他們每個人都在腰間別著一把槍。」

柬埔寨男人穿襯衫確實不紮在褲帶裡，陳啓禮的話當然有些「誇張」的嫌疑，但是在那個時候，柬埔寨的槍枝也眞的很氾濫，甚至像是早期的美國西部。

那時正是台灣和柬埔寨鬧翻並且被迫撤館的時候，新聞正在熱頭，金邊市正好又發生一起在夜總會投擲手榴彈的事件，台灣方面當然把新聞作得很大。陳啓禮他們讀了新聞覺得很好笑，說道，「在這裡，天天都有人丟手榴彈。」

其實不假。那時柬埔寨槍枝氾濫到擺在市場裡賣的程度，一顆手榴彈，美金八元；一支AK-47步槍，美金三十五元，要不是住在新加坡，帶進槍枝入境會被問吊，我都想買一支；有的台商爲了自衛，家裡陽台上架的竟然是榴彈砲；保鏢就更不用說了，每個台商一出門，車後都坐著兩名持長槍的保鏢，更誇張的是，這些保鏢竟然都是柬埔寨正規軍，付錢給他們，就來家裡「上班」了。

在這種情況下，台灣的黑道在柬埔寨其實是很「提心吊膽」的。

爲什麼？因爲你有我也有，一翻臉，槍、砲、手榴彈齊出，「轟」的一聲，俱往矣，還混什麼？

蟄居金邊的竹聯幫「精神領袖」陳啓禮。

台灣的黑道兄弟到柬埔寨，不管是跑路也好，另謀發展也好，圖的不過是削點「鎯」，過過好日子。但是柬埔寨有什麼好日子可以過？我去過這麼多次，印象中好像電影院都沒見到過，每天熱得頭發昏，又不能從早游泳到晚，路上灰塵漫天，呼吸起來都覺得鼻裡進砂，蚊子叮到有可能變成登革熱，最大的娛樂可能就是晚上到餐館吃吃飯，泡泡夜總會。

柬埔寨是個相對較爲落後的地方，台灣兄弟比較熟悉的賺錢方式，在那裡也不太行得通，穿著皮鞋，也沒有必要跟穿著草鞋的比狠。錢並不好賺，要過好日子，還有其他的選擇，所以很多兄弟到了，又走了。

尤有甚者，台灣兄弟在金邊市開夜總會，生意做著、做著，當局突然一聲令下，第二天就得關門，毫不寬貸。不少兄弟只好拍拍屁股，轉往中國大陸發展。

柬埔寨的官方人員，很多也是草莽出身的紅高棉游擊隊，你狠，他比你更狠，而且是有「執照」的狠，一口咬下去，骨頭都不吐出來。

陳啓禮曾經因爲「非法槍械」案被關了一年多。「非法槍械」在柬埔寨確實是個罪名，但是當年採訪時我特地請教過當地律師，他們承認確實有「非法槍械」的罪名，但是從來沒有人因爲這個罪名被起訴、定罪，原因就是槍械太普遍了，捉到的話，頂多是罰款、沒收了事。

陳啓禮被捉而且定罪，原因當然不單純。

台灣最有名的大哥都如此了，其他的黑道兄弟在柬埔寨還有什麼好混的？

命根子

命根子，多麼好的一個名詞，象形、指事、會義、形聲、轉注、假借，一應俱全。

但是要確實體會命根子的重要，還得到最原始的地方。

有個地方叫新幾內亞，一半屬於印尼，以前叫做伊利安查亞，現在已經改名爲巴布亞，另一半則是巴布亞紐（新）幾內亞（台灣稱作巴紐），就是這麼樣的一個地方。

四十多年前，美國大亨洛克斐勒的兒子到新幾內亞探險，結果被當地土人捉去，放在大土鍋內煮熟吃掉了。夠原始吧！

現在，吃人的事當然已經沒再聽說了，但是山區裡面還是很原始。我沒去過巴布亞，卻在三年前到過巴紐採訪「台、巴建交案」。那次採訪完之後，順手帶了一件當地的特產送給兒子。回到家，拿出禮物跟我那十二歲的兒子說，「來，爸爸送你一條游泳褲。」

我永遠忘不了兒子的表情。他的眼睛睜得大大的，拿著那「根」「游泳褲」端詳了老半天，然後突然狂笑起來。

那是個什麼東西呢？

其實到今天爲止，我也不知道那究竟是什麼東西，只知道是山區裡面的一種果實，形狀長長的，就像一支兩頭尖尖的擀麵棍，曬乾之後外殼跟葫蘆的質地很類似，新幾內亞的土人在山區裡是不穿衣服的，就把這種果實取來，掏空裡面的果肉，曬乾之後一切爲二，變成一頭直徑較大，另一頭尖細的勃蒂卡（Bodeka），套在陰莖上保護「命根子」。

更搞笑的是，土人一天到晚在山區裡跑上跑下，總不能讓一根勃蒂卡在胯間吊而郎當、礙手礙腳，所以又用根細繩子把勃蒂卡較細的一邊纏住，與地面垂直地綁在腰間。

喏，一個頭插羽毛、滿臉彩繪、手執弓箭的土人，全身上下一絲不掛，但是在小腹部正中央綁著一根直直的勃蒂卡，兩粒蛋還露在外面晃盪晃盪。

想像得出來嗎？

土人在滿是蚊蟲、野獸的山區裡活動，全身上下都暴露在大自然中，但是其他部位都無所謂，唯獨用勃蒂卡把命根子保護起來，你能說命根子不重要？

有次在竹聯幫大老陳啓禮位於柬埔寨金邊市的家中聊天，他家游泳池旁邊的涼亭柱子上就掛著一支勃蒂卡，陳啓禮頗得意地叫我猜那是什麼。我說，「那不就是游泳褲嗎！」

陳啓禮大笑對旁坐的友人說，「這個梁東屏，還眞是內行人。」

紅高棉老巢易守難攻

延宕了三年之久，柬埔寨終於通過成立審判紅高棉的法庭，計畫把一九七四到七九年統治柬埔寨，卻犯下令人髮指滔天罪行，導致幾百萬人死亡的紅高棉領導人交付審判。

只不過，這個如意算盤恐怕很難打得響。因爲當年的紅高棉領導人，除了曾任國防部長的塔莫目前被扣押在首都金邊之外，其他如喬森潘、龍奇都住在他們的老巢——柬、泰邊界的百靈。

百靈是個什麼樣的地方呢？

百靈位於柬埔寨西北疆界附近，距離泰國邊境僅有二十公里，從柬埔寨境內前往百靈的唯一通路，就是從第二大城馬德旺通到百靈的十號公路，這段路只有八十公里長，可是行車時間卻要至少四個小時。爲什麼？因爲路太爛。

柬埔寨的道路之爛並不是新聞，但是十號公路之爛則是其中的佼佼者。其他的道路固然不乏坑洞，但是還可以勉強繞坑而行，十號公路則根本就是由坑洞「組成」，這些直徑一至兩公尺，深達半公尺以上的坑洞，布滿道路之上，避都無從避起，車子除了彎來繞去之外，基本上就只能上上下下，一個坑洞一個坑洞「爬」過去。

正因爲這條公路這麼爛，再加上百靈市三面環山，任何軍隊想從陸路進攻百靈，都要冒著在十號公路上被伏擊四個小時的危險，誰敢？所以百靈就成爲標準的易守難攻之地。

另一方面，百靈緊貼泰國，情況不對的話，可以立刻越界「避難」，進可攻、退可守，因此早在一九七〇年代，紅高棉就選擇百靈作爲重要根據地，多年來大、小戰事不斷，百靈卻始終屹立不搖。

十號公路沿線的田園風光，雖然美得讓人透不過氣，但是路旁茅草屋中、稻田裡正在工作的，很多都是穿著草綠軍服的人。

我在一九九八年第一次到百靈市採訪，在當地一個民宅聊了半天，這間屋子的主人也是當年的紅高棉戰士，如果說百靈市全民皆兵，其實並不爲過，只不過他們平時並不穿軍服。

我那天後來因爲內急到屋後上廁所，經過主人臥房時赫然發現整屋子都堆放著一箱箱的榴彈、砲彈、手榴彈。

紅高棉領導人住在這裡，你認爲他們會乖乖出庭受審嗎？

柬埔寨的妓女悲歌

對於觀光客來說，柬埔寨金邊市其實是個相當無聊的地方，除了皇宮、國家博物館、殺戮廣場紀念館等少數地點之外，基本上並沒有太多的去處。

但是，很多「老外」到金邊的目的並非觀光而是嫖妓。

柬埔寨的妓業雖然從來就不合法，但卻如合法行業一樣公然爲之，長達數百公尺的堆谷街上櫛次鱗比的木板房全是妓寮，上千名臉上塗得像戲子般的柬埔寨「本土」妓女，從白天就開始站在門口攬客，有的甚至直接跑到馬路上，跟樂不可支的嫖客拉拉扯扯，堂而皇之的上下其手，當街互相撫摸起來。

距離金邊市十一公里、有「越南村」之稱的「芒果園」更不遑多讓，同樣是黃土街道，雖然長度短得多，只有大約一百公尺左右，建築則是鋼筋水泥的兩層式洋房，但是門前的風景卻完全一樣，只要有外來的人或車輛經過，臉上塗得大紅大紫的越南妓女就一字排開揮手招客。

老實說，金邊的妓女無論姿色或水準，都不太端得上檯面，可是每天卻門庭若市，一入夜裡，更是不得了，車子一輛接一輛，嫖客摩肩接踵，途爲之塞，嫖客與妓女間呼來喊去，映照在塗成紅色的日光燈光裡，很自然地透出一種世紀末的詭異氣氛。

嫖客對堆谷街及芒果園趨之若鶩，原因卻頗讓人心酸。堆谷街的本地妓女，一次的收費是柬幣五至六千元，合美金不到兩元；芒果園的「舶來品」當然較貴，可是也只是美金三到四元，有很多老外嫖客，根本是用「吃快餐」的心情與方式，在此處冶遊。

有位在金邊市擔任英文教師的美國人曾經寫過他的經歷，就坦承他經常利用上課的空檔去光顧妓寮，有時一天去三、四次。

金邊市堆谷區私娼窯的妓女。

在西方世界裡，這樣的價錢大概只能買到一包口香糖。更慘的是，出賣肉體的妓女大約只能得到一至兩美元，其他的都被妓寮抽去了。

還有件令人不敢多想的事，就是金邊的妓女除了便宜之外，另外一個吸引人的特點就是幾乎都是十幾歲的雛妓。芒果園的一間妓院就是以此爲號召，他們提供的幾乎全是十二、三歲的小女孩，因此嫖客都稱這家妓院爲「孩子園」而不名。

剩下來的吳哥窟

很多人知道我常駐東南亞，經常第一個問題就是問我什麼地方值得去。我的答案也是千篇一律——柬埔寨的吳哥窟。最近，由於過去所謂的「世界七大奇蹟」早已過時，而且絕大多數早已不存在，所以又開始票選新的「七大奇蹟」。我認為，吳哥窟絕對值得上榜。

到過吳哥窟的人，恐怕很難不震懾於其建築之雄偉、浮雕之精美，在廣達兩百三十二平方公里的範圍內，有無以計數、建造於九世紀至十三世紀之間的寺廟、神壇、宮殿，置身於其中，實在很難讓人想像，在那樣久遠的年代裡，吳哥王朝的工匠，是如何在欠缺現代工具的情況下，不知用何種方法，搬運一塊一塊的巨石，建造出那樣氣勢恢宏的宮殿、神廟。

也很難想像，當時的雕刻師傅，是如何利用簡單的工具，一斧一鑿刻出那樣線條鮮活、構圖優美的浮雕，單單是舞姿曼妙的仙女「阿琶莎拉」，在吳哥窟主殿的牆上、塔樓，就有一千七百餘個，而且每個浮雕的細節、表情各異。

但是與此同時，人們也無法不注意到，很多神像都沒有頭部，或者是缺手斷腳，半身裸露的「阿琶莎拉」，也泰半是傷痕累累，有不少的身上還有明顯的彈孔。

這個現象，其實很簡約地說明了柬埔寨的悲淒。作為版圖曾經涵蓋整個東南亞的繁盛王國，到今天國窮民困侷促一隅，吳哥窟飽受摧殘的歷程，也是柬埔寨衰敗過程的縮影。

吳哥窟早在一八六〇年就被法國探險家亨利．毛哈特發現，但是直到一九二四年，法國作家安德列．馬洛克斯從吳哥窟偷運出將近一噸重的石雕，才使得全球為之驚豔。

不過，由於當時吳哥窟尚未開發，仍然陷於熱帶原始林的包圍之中，交通條件也幾乎闕如，所以一般大眾並無緣前往觀賞，吳哥窟的名聲，也只限於學術界及考古界。

及至一九六〇、七〇年代，柬埔寨的局勢趨於不穩，紅高棉、越戰、內戰接踵而來，吳哥窟也開始遭逢一連串的劫難。

由於紅高棉一直以柬埔寨西北疆界作為根據地，因此吳哥窟也長期在其勢力範圍內，有段時間，以共產主義為意識型態教條的紅高棉為了破除宗教，破壞了不少吳哥窟內的佛像，現存不少無頭佛像，就是那時留下的遺產。

及至一九七〇年早期，紅高棉的「革命戰爭」達到最高峰，由於需要大量的軍費，因此包括吳哥窟在內，柬埔寨西北疆界內的許多寺廟都遭了殃，大批的石雕神像被破壞、切割，運往鄰近國家換成現金。

紅高棉在一九七五年奪得政權，開始在柬埔寨全境推行集體農場，反而使得這些名勝古蹟有了難得的喘息機會。在四年的時間當中，並沒有大規模盜取古物的事件發生。只是紅高棉為了構築道路，確實曾經將一些寺廟摧毀，然後將取得的石塊輾碎，作為鋪設道路的原料。

不過，越南在一九七九年揮軍入侵，推翻政權，惶惶如喪家之犬的紅高棉退入西北叢林中打游擊，古物的浩劫又再度開始，在隨後的綿長內戰中，柬埔寨長時間處於無政府狀態，自顧尚且不暇，對於古物的保護，則更是力有未逮了。

一九九八年，當紅高棉殘餘部隊被逐出安隆汶的時候，柬埔寨當局赫然發現當地存有大量盜竊來的古石雕文物，單單在外號「屠夫」前紅高棉國防部長塔莫的家中，就起出了二、三十噸。塔莫已於一九九九年三月六日被捕，目前還被關押在金邊等候軍法審判。

柬埔寨從一九九七年後大局初定，可是古物走私的情況卻更甚以往，主要的原因是紅高棉已經退出絕大部分以前占據的地區，在這些從前人不敢至的叢林裡，一座座古文物寶藏開始現身，也就很自然地成爲貪婪者掠奪的目標。而且戰爭結束後，軍人一方面無事可幹，另一方面也無飯可吃，一些商人告訴他們可以將這些「石頭」變賣金錢，軍人很自然地就幹起這種盜賣的勾當了。

一九九八年一月五日，泰國警察攔下了一輛從柬埔寨東部邊境城鎮塔佛拉雅駛往曼谷的十輪大貨卡，赫然發現該車滿載著一百一十七件十二、十三世紀的石雕，全部是出自於吳哥時期的班提雅查馬廟，總値達兩百七十萬美元。

位於金邊市的柬埔寨文化藝術部對這個現象也瞭如指掌，根據他們的了解，至今爲止班提雅查馬廟內的石雕古文物，百分之八十至九十都已經被偷走了。是什麼人偷的呢？其實主要的盜竊古物者，都是當地的居民以及駐紮在該處的軍人，也只有軍隊有鑿開石雕的重器械。對於這種狀況，有關單位完全無能爲力，只能要求政府節制軍人，但是多年的內戰，造就了各地林立的軍頭，沒有人敢得罪他們，也沒有人管得到他們。

那麼，有沒有什麼可以防止的辦法呢？

很遺憾的是，沒有。我在一九九九年時曾經採訪過當時的柬國文化傳統局局長翁防，談到這個問題時他很直截了當地說：「不可能。」他指出柬埔寨全境像這樣的廟宇至少有一千兩百座，而且四散各地，非但人手不足，而且從來也沒有對這些廟宇做過完整的調查、列管，所以根本不知道哪些需要保護，甚至於究竟被偷走了多少文物，當局也沒有任何統計數目，他們能夠做到的只是勸告外國人不要購買古文物，以及加強機場等關卡的檢查。

問題是柬埔寨的官員早已相當腐化，連憲兵司令都可以在幕後主導綁票案，又怎能期望有廉潔的海關人員呢？至於勸告外國觀光客不要購買古文物，那就更是緣木求魚了。

多年以前，還發生過喬裝成旅客的古董走私客，跟帶他們參觀古蹟的「導遊」現場訂貨的事情，也就是當場指出對哪件物件有興趣，價格談妥之後，「導遊」就派人晚上去偷，幾天之後，這些古物就出現在曼谷的古董市場上待價而沽。

有很多人聽到吳哥窟，第一個反應就是「落後」、「治安不好」。

其實這些狀況在過去確是事實，但是現在已經完全不同了，這六、七年以來，吳哥窟所在的暹粒市新建的大型觀光酒店不知凡幾，我在六年前去時所住、在當時還算是不錯的旅館，現在已經淪爲背包客的下榻場所。不過出外旅行，我對旅館的要求標準一向很「基本」，也就是乾淨、舒適就好，所以隨後去了很多次都還是住在那家叫做「吳哥藍寶」的旅館，一晚才三十美元還包早餐，眞是經濟實惠，位置也好，就在吳哥市中心。

去年六月間又去了一次，這次上網預定了間看起來不錯的旅館，到了之後發現確實也不錯，還有游泳池，一晚上也不過三十八美元，名字忘了，但是網上有很多選擇。

我眞的是去了很多次，每次去其實也都還是拜訪那些已經去了很多次的神廟，坐在石階上吹吹風，靜靜地看那些石雕、浮雕，想像「阿琶莎拉」從石壁上走下來。

玩吳哥窟的先決條件是要對藝術、歷史有點興趣，否則就會落到我在三年前帶女兒、兒子去的下場，看得出來他們是忍了滿久，第二天女兒終於忍不住，問到，「爸爸，爲什麼每天都看石頭？」哈，哈，看石頭，總有一天，我還要帶他們再去一次。

柬埔寨的天氣相當炎熱，最理想的狀態當然是乘坐有冷氣的車，租車費用也不算貴，連司機一天大約三十五美元。不過我認爲最好、最自由的方法是租輛摩托車，一天不過七、八美元，就可以到處隨興跑。

去吳哥窟需要多久時間呢？我的意見是應該準備一星期慢慢地品嘗，但是現在的人大概很難這樣「奢侈」，那麼最少也應該住兩個晚上，就算是無法窺其堂奧、至少已可見宮牆之美了。

但是我鼓勵大家去吳哥窟，還有個原因，就是希望大家去見證醜陋的人類如何破壞這種原該屬於全人類的公共財產。

現在的吳哥窟，其實是「剩下來」的。不過吳哥窟的命運還好過阿富汗巴米揚的千年巨佛，幾年前，當時的塔利班政權居然用大砲猛轟，矗立千年的巨佛就這樣被轟得不見蹤影，灰飛煙滅。

吳哥窟的阿琶莎拉浮雕。

紅龍魚作鹹魚

有一年在印尼首都雅加達採訪，正好碰到華埠（草埔）發生一場小型暴亂，暴民縱火燒了草埔的一座電子商品大樓，我在那裡滿頭大汗拍照，旁邊一位看似華人的中年人，滿臉焦灼地望著濃煙四起的店鋪。

一問之下，我拍的正是他的店鋪，由於這座大樓在一九九八年五月暴亂時也被燒毀，一年多前才重建開幕，所以我很自然地問起他，結果他的答案讓我大吃一驚，「沒錯，上次也被燒掉了。」燒了兩次？那麼，他是否會決定離開印尼呢？答案卻是「不會。」因為他說在印尼錢太好賺了，大不了重新來過，把損失再賺回來。

事實上也是如此，一九九八年雅加達大暴亂，許多印尼華人連夜倉皇跑到新加坡，但是他們只是把錢帶出來，把妻小安置好，等到局勢稍微穩定之後，又再回印尼繼續賺錢。

新加坡的許多豪宅，其實都是印尼華人買下，我的一位朋友在最繁華的烏節路上開店，店租貴得不得了，但是他不怕，「因為有一大堆印尼富婆住在附近，她們唯一的工作就是買東西。」

印尼好賺錢，有個很重要的因素，就是資源豐富，可以說是應有盡有，林木、礦產、漁產、天然氣，無一不缺，甚至包括在台灣乃至於東南亞其他地區紅極一時的紅龍魚。

我不懂印尼文，所以每次到印尼採訪，都固定找雅加達的一位華人賴先生當翻譯。有次跟賴先生在餐廳吃飯，見到餐廳裡的大魚缸裡有條紅龍魚，瞪著兩隻大眼睛神氣活現地游來游去，我就指著魚對賴先生說，「這種魚有陣子在台灣貴得不得了，身價被炒到幾十萬台幣一條。」

賴先生聞言大驚失色，說道，「眞的啊，我以前自己家裡就養了四條，在我的家鄉，這種魚是拿來作鹹魚的。」

龍魚的原始家鄉主要是在印尼加里曼丹，以及馬來西亞及越南的少部分地區，而且一離開這些地方就無法繁殖，精明的台灣人發現這種物以稀爲貴的特質，爲它們取了一個華人最喜歡的名字——龍魚，創造了一些有關龍魚的神話，三炒兩炒就把鹹魚炒翻身了。

只有印尼人，現在還把它們當作鹹魚啃。

旅冷村

西方媒體每每提到印尼華人，最常見的開場白便是，「印尼總人口有兩億兩百萬，華裔僅占百分之三點五，卻掌控著印尼百分之七十五的經濟命脈。」

事實上，對於一般印尼人而言，這也是他們對華裔的刻板印象。在他們的心目中，華人就是一批聚居在高牆大院住宅區內的有錢人，每個都是橫著走的大亨，平時眼高於頂，不肖於與貧窮的印尼人來往，在經濟活動中所「搜刮」來的錢，則想盡辦法移往外國。

但是眞實的情況是否就是如此呢？

其實，眞正的印尼華人巨商大賈只占了很少的一部分，絕大多數的華人充其量只是中產階級，甚至還有相當一部分是很貧窮的，分散居住在爪哇島、西加里曼丹等地，以務農、捕魚爲生。

西加里曼丹位在大家比較熟悉的婆羅洲，一半屬於馬來西亞的沙巴州，另一半則是印尼的加里曼丹省。

西加里曼丹有個名叫山口洋的海邊城鎭，距離首府坤甸大約三個小時車程，那裡的華人以務農爲主，生活困苦到讓人難以想像的程度，幾年前經濟大恐慌時，坤甸曾經發生搶糧事件，就有華人參與搶奪，也發生過生活過不下去，全家自殺的事情。

距離山口洋半小時的地方，聚居了大批的華人，他們的住處多以木板、鐵皮、草蓆搭成，室內只能用「家徒四壁」來形容。

這些人是一九六七年前印尼大排華事件的受害者，當時蘇哈托藉口共黨叛亂而奪權，爲了坐實「共黨叛亂」於是發動排華，縱容土著的大雅族殘殺華人，幾十萬人在山區遭殺害，倖存者則逃到坤甸、山口洋一帶變成難民結蘆而居，種田、種菜苟延殘喘，由於深感命運坎坷，這裡的華人管自己居住的地方叫做「旅冷村」，取其淒清苦冷之意。

印尼地處熱帶，一年到頭都是高溫，「旅冷村」村民猶自覺得冷，其處境眞可見一斑。

正由於此處的華人生活異常困苦，因此有不少女子賣身，與印尼女子相較，華人女子皮膚較爲白皙，又有「異國」風味，使得山口洋豔名遠播，很多印尼人也聞風前來買春尋樂，而將山口洋稱之爲「阿妹市」。

也正由於山口洋一代幾乎都是華人，跟台灣沒有語言、文化上的障礙，很多所謂的「印尼新娘」其實就出於此地，山口洋市面上的旅館、美容院甚至於路邊攤攤主，聽到陌生華人操外地口音，就會很積極地探問是否要娶新娘。

所以，如果遇到在台灣的印尼新娘，不妨問問看，多半是山口洋人。

坤甸台灣街

印尼西加里曼丹首府坤甸市近郊有處地方叫做「大港區」，住了兩百多戶華人，可是坤甸附近的人都不把這個地方稱作「大港區」，而叫做「台灣街」。爲什麼呢？因爲這裡一半以上的家庭有女兒嫁到台灣。

台灣街並不長，兩百多公尺吧，兩邊都是一層樓的連棟平房，其中只有一棟比較突出的兩層樓「豪宅」，其實很普通的一條街，唯一就是很多房子屋頂上都有個大大的電視碟型天線，透露出這裡的居民確實有些不一樣。

這裡住的幾乎都是潮州人，因此普通話是可以通的，語言當然是此地人家女兒嫁到台灣的一大因素，但是最重要的原因則是此地居民的生活太苦，所以大家都情願忍受生離的煎熬，讓女兒遠嫁異鄉，獨自去面對無可知的未來。

這裡的居民清一色是一九六七年印尼發動清共運動時逃離印、馬邊界紅線區的華人。當初印尼政府煽動土著大雅人驅趕華人，手段至爲殘酷。

印尼政府的手法是散播九名大雅族長老遭華人殺害，復仇心切的大雅族人於是將盛有雞血或狗血的紅色土碗放在許多華人的住家門口，這是大雅族人的特殊記號，任何大雅人發現房屋門口有這種記號，都有「責任」入內屠殺，所以當年的事件又被稱爲「紅碗事件」。

大量的華人在這種恐怖的氣氛下，開始向坤甸、山口洋等地逃亡，許多人就這樣拋家棄產逃命，逃到市鎭之後，又被印尼軍隊當作共黨或共黨同情者而捉起來，關進集中營，少則三、五年，多則十數年，僥倖未死在集中營內者就在坤甸、山口洋一帶落戶，以做苦工或務農維生，因此兩地的難民村隨處都是，台灣街就是其中之一。

這一帶華人生活困苦到讓人很難想像的程度，實在過不下去而全家上吊的事情都發生過。有很長一段時間，山口洋還因爲變成印尼人的買春勝地而被稱作「阿妹市」。

印尼人爲什麼喜歡到山口洋買春呢？因爲這裡賣春的女人幾乎都是華人，皮膚較印尼人白皙得多。

在這種情況下，山口洋、坤甸一帶的華人遇到女兒有嫁到台灣的機會，當然不願意放過，一傳十、十傳百，台灣人到西加里曼丹找老婆也蔚爲風氣，十多年下來，嫁到台灣的「印尼新娘」估計不下萬人，也就自然而然地出現了台灣街。

然而住在台灣街的人卻並不願意外人將此地稱作台灣街。原因很簡單，女兒或姊妹嫁往台灣並非他們所願，而是不得已情況下的傷痛。

海灘少年

印尼巴里島是舉世聞名的觀光區，很多人到此遊覽都對島上的綺麗風光難以忘懷，各種名目的水上活動，也是吸引遊客的主要賣點。

但是有些遊客到巴里島除了領略其自然的風景之外，還有另一層目的。一言以蔽之，買春是也。

一般人的觀念裡，買春，當然是男人的事，巴里島也不例外，特別是入夜之後的庫塔區，每家酒吧裡都有許多穿著暴露的少女等著顧客上門，熟門熟路的人要找到諸如色情按摩等服務，也絕非難事。

不過巴里島還有個比較特別的地方，而且是很多人都不免會注意到的現象，就是一些有了年紀的東方或西方女子，身邊伴著的卻是體健如牛、曬得黑不溜丟的當地年輕小夥子，他們之間很明顯地溝通並不順暢，但是卻狀甚親暱。

其實，這在巴里島是公開的祕密，這些男子就是被當地人稱作「海灘少年」的「牛郎」。

爲什麼叫做「海灘少年」呢？

因爲他們活動的範圍多半是在著名的庫塔海灘以及以水上活動聞名的南灣。「海灘少年」每天就戴著墨鏡很「酷」地在海灘上曬太陽、玩風浪板，展示肌肉，但是他們眞正的目的是四處蒐尋單身的女性遊客，發現對象之後就前往搭訕，以擔任導遊或指導各種水上活動爲開場白，熟了以後就在適當的時候，用各種方式表明可以提供「進一步」的服務，只要對方也有意，價錢談妥，「海灘少年」就立刻搖身變爲「伴遊牛郎」了。

巴里島的「海灘少年」幾乎都不是巴里島本地人，而是從爪哇島前來謀生的爪哇人，他們多數是從餐廳、酒吧或旅館等收入微薄的工作開始幹起。

那麼，他們的收入低到什麼程度呢？一般來說在餐廳或酒吧中當侍者，平均薪水大約美金三、四十元左右，就算是加上小費，每月可以賺得五十美元就算是不錯了。

可是「海灘少年」伴遊兼上床的費用一天大約一百五十美元上下，另外如果顧客對服務感到滿意的話，還會另外再賞小費，一天賺到的錢，可以抵得過在餐廳、酒吧中辛苦工作三、五個月，怎麼算都划得來，因此只要一有機會，這些暫時以侍者工作維生的印尼男子就會毫不猶疑地轉業爲「海灘少年」。

到巴里島找「海灘少年」的女性遊客，還眞有不少年紀滿大，臉孔、身材也都不怎麼樣的。在這種情況下，「海灘少年」如何去完成工作呢？

巴里島的「海灘少年」並不作興吃「偉哥」、「犀利士」這種西方的藥，他們吃的是印尼草藥，而且每天吃過草藥之後就到海灘跑步鍛鍊、找對象。這樣，一個月賺七、八百到一千美元，是很普通的事。

至於小費，就很難說了，也有許多女恩客送摩托車、電腦及手機給「海灘少年」。

反過來對女性遊客而言，每天花一百到一百五十美元，就可以有一位二十四小時的貼身導遊兼「臨時情人」，也是頗划算的，不少參加自由行的女性遊客都採用這種方式，幾天行程下來，也不過就是三、五百美元。

但是「海灘少年」最喜歡的乃是「包租」。在這種情況下，女方通常會提供房屋、車子、生活費給「海灘少年」，然後每年不定期來住兩、三個月，「海灘少年」在女方到巴里島的這段時間就變成「海灘老公」來服侍女方。

這種方式的好處是女方每年只在固定的時間到巴里島，其他的時間，被「包租」的「海灘少年」仍然是活龍一條，非但每個月有固定的生活費入帳，也能夠到處招攬生意賺外快；有些頭腦、手段靈活的「海灘少年」甚至還可以巧妙安排，分別把自己包租給不同的對象，整年都滿檔呢。

那麼，「海灘少年」和所服務的對象每天肌膚相親，很多時候也會發生眞感情，到巴里島來找「海灘少年」的女性遊客，除了有些是單純找尋刺激之外，也有不少是失婚或根本從來沒嫁過人的女性，她們很容易在春風幾度之後陷入其中變得不可自拔。但是對絕大多數的「海灘少年」而言，他們的愛情只「到機場爲止」。

實際上，巴里島絕大多數的「海灘少年」都已有妻室。印尼的回教徒本來就允許一夫多妻，巴里島奉行印度教，男人也可以娶四名妻子，所以他們「開張營業」既無宗教上的顧慮也沒有心理上的負擔，反而可以振振有詞對「原配」「曉以大義」，「原配」看在錢的份上，多半就採取睜隻眼、閉隻眼的態度，「海灘少年」就這樣在巴里島應運而生，成爲一個大家都認可的「行業」，更有意思的是，許多時候，居然還是「原配」心甘情願幫他們熬煮草藥呢。

巴里島是旅遊區，所以「海灘少年」的生意也有旺季、淡季。每年的一月、五月、七月、八月、十二月是旺季，他們的顧客以來自澳洲、日本、香港的最多，其中日本客人「需求最多」但是出手也最大方，當然很受歡迎。

台灣客人很喜歡搭「愛之船」遊港的節目，不少船上的工作人員也就兼作「甲板少年」，而且台灣來的團不僅女性遊客會找「海灘少年」，甚至於有些帶團的女性領隊也會要求此間旅行社提供當地男性導遊的照片以供「挑選」。

「海灘少年」也深知自己的生意頂多只有十年的光陰，所以都努力希望在最短的時間裡存夠錢，自己做些小生意，現在在庫塔區的眾多商店中，有很多是「海灘少年退除役官兵」開設的。也有不少是女方乾脆委身下嫁，就在巴里島跟「海灘少年」共築愛巢，通常也都會以開小店做生意來維持生活。

每到週末，就可以在庫塔區「太陽百貨」底層的超級市場碰到很多這類夫妻檔，也可算是巴里島一景。

回教徒禱告

馬來西亞總理馬哈地前後執政二十多年，馬國從貧窮落後發展至今天的小康之境，馬哈地可以說是居功厥偉。但是他在二〇〇三年下台之前，曾經熱淚盈眶地說他最遺憾的是未能促成馬來人的自我提升，甚至於恨鐵不成鋼地說道，「馬來人應該減少一點禱告的時間，效法華人的勤勞、刻苦，努力工作。」

這話聽在「異教徒」的耳中，也許有點不解其義。禱告，有什麼奇怪？所有的宗教不都有禱告的儀式嗎？

但是回教徒的禱告卻是眞的有些不同。

首先，回教徒一天禱告五次，不管當時正在進行什麼工作，一概放下；開店的，店門一關，掛著個「祈禱時間」的牌子，人就不見了，錢也不賺了。

其次，回教徒的禱告隨時隨地舉行。有次在阿富汗採訪，帶著當地的翻譯、司機到處跑，可是禱告的時間一到，他們就哪裡都不肯跑了，各人帶著自己隨身攜帶的小毯子，在路邊的溪流裡淨淨手，就面向麥加好整以暇地禱告起來。

一九九八年首度到印尼雅加達採訪，睡夢中突然被巨大詭異的吟哦聲吵醒，往窗外一看，黑漆抹烏一片，什麼都沒有，只有那奇怪的聲音蕩漾在黑夜中，時起時落一個多鐘頭。當時印尼局勢動盪不安，眞不曉得發生了什麼事，就再也睡不著了。

第二天詢問來旅館接我的翻譯賴先生，才知道是回教寺禱告。原來回教寺禱告都用擴音器，我後來特別注意，果然不錯，每個回教寺的屋頂上都有朝向四方的擴音器，一大早五點就咿咿哦哦不停，以後再去雅加達，就特別留意旅館附近有沒有回教寺。

作者在印尼亞齊游擊基地採訪。

二〇〇四年十一月帶兒子到喀什米爾旅行，住在當地著名的湖上船屋，左近就有座回教寺，不想臨走前一天正好遇到回教齋戒月結束，那天是從午夜到天明的通宵禱告，害得我整夜在禱告聲中輾轉反側，眞是苦不堪言。

不過多年前到印尼亞齊省採訪「自由亞齊」游擊隊成立二十五週年，那天早上有個儀式是回教士吟哦追悼死難游擊戰友的祭文，我當然聽不懂，但是那禱告聲音的淒婉，光是聽著就讓人忍不住淚下。

我當時曾經將之錄下，沒想到回雅加達作另個採訪時卻無意中洗掉了，事後拜託賴先生向別的印尼記者調借，卻始終無法如願，一直引爲憾事。

星月

許多回教國家都以「星月」作爲標誌，也就是上弦月配上一顆孤星。

從小，我對於天空的印象都是「滿天星斗襯托著一輪皎潔的月亮」，小學時寫作文更常常有「望著滿天繁星，不禁想起陷在水深火熱中的大陸苦難同胞，我一定要好好念書、發憤圖強，將來才能反攻大陸，解救大陸同胞。」這樣的「佳句」。

原因無他，因爲自然現象就是如此，君不見連花名都有「滿天星」嗎？足見星星本來就應該是「繁星點點」，「孤星淚」是小說家、音樂家憑空想像的結果。

所以於我而言，上弦月配顆孤星這樣的畫面，基本上是脫離現實的，只是許多回教國家旗幟上的符號罷了。

可是，世界上還眞有這樣的東西呢。

二〇〇一年十二月，我去印尼的亞齊省採訪「自由亞齊」（爭取獨立的游擊隊）二十五週年紀念日，紀念日前一天晚上，故作神祕的游擊隊員把我們帶到一個不知名的小村落，晚上就安排住在民宅中。

可是那個小村落一入夜簡直就是蚊子窩，成群的蚊子在你耳邊「嗡，嗡，嗡」地飛來飛去，絕不誇張，蚊子多到你幾乎可以感覺它們的翅膀在你耳邊搧風。

我當時白天已經折騰了一整天，到處蒐集新聞資料，身體早就疲累不堪，晚上當然想睡個好覺，第二天才有力氣幹活。氣人的是，再怎麼努力，就是無法入眠，因爲除了蚊子之外，室內也鬱熱不堪，渾身黏唧唧的，說有多難過，就有多難過。到了大半夜，我決定放棄，於是起身一邊抓癢、一邊走出室外。

走到室外後，只感到光線頗亮，不自覺地抬頭一望。哇，那眞是我此生見到最美的一幅景象。就在椰子樹影的上方，一輪皎潔無比、右上左下的上弦月掛在天空，而在那像搖籃一樣的月弧裡，卻躺著一顆發著寒光的星星。

最令人稱奇的是，整個天空就這兩樣東西，沒有別的了。

我當時看呆了，還把半夢半醒之間的翻譯賴先生叫起來，要他觀賞這個奇景，他看了之後也是嘖嘖稱奇。更讓我至今想不通的是，我因爲工作的關係有隨手拍照的習慣，可是那天，居然著迷到忘記拍照留念，以至於後來每次敘述這段奇遇時，老是有「口說無憑」的遺憾。

不過那幅景象卻牢牢印在我心中，隨時都可以毫無困難地回顧。我疑惑的是，此後也再沒有見到類似的景象。亞齊是純粹的回教地段，難道是因爲如此嗎？

重回東帝汶

闊別四年之後，最近重回東帝汶。

東帝汶四年前屬於印尼，當然是東南亞。現在獨立了，雖然尚未加入「東南亞國家協會」，但是地理上自然還屬東南亞。

許多新加坡朋友知道我又回東帝汶，第一個問題就是「那裡不危險了嗎？」因為他們知道我於一九九九年在東帝汶採訪的時候險些遇害，新加坡當地的報紙也刊過這件事，所以不少人知道。

人們對東帝汶的印象多半來自於新聞報導，新聞事件的取向當然是有事件發生才是新聞，所以一般人總認為東帝汶人都凶殘無比，動不動就拔刀、拔槍相向，走在街上，恐怕隨時都會有不測之禍。

這樣的觀察其實與眞實的狀況相去甚遠。

實際上東帝汶的老百姓很和善、單純，甚至於可以說單純到「無知」的地步。然而弔詭的是，正因為他們過於單純、無知，所以才會在特定的情況下變得凶狠、殘暴。

這話怎麼說？

東帝汶從一九七五到一九九九年間長達二十四年的互相殘殺，主要是由於獨立運動分子和印尼占

東帝汶槍隊領袖示範發射土製槍。

領軍之間的鬥爭。從某個角度來說，這兩方面都是「恐怖主義」，他們爲了達到各自的目的，分別用不同的、有利於己的言詞欺騙、煽動乃至於恐嚇百姓，單純無知的東帝汶百姓並無能力判斷事件的眞僞，只輕信如果不幹掉對方，自己就將死無葬身之地。

所以，在東帝汶，主張獨立，就是整村主張獨立；主張繼續和印尼聯合，就是整村持同一主張。爲什麼？因爲「村長是這麼說的。」就這麼簡單。

我當年在東帝汶，曾經僥倖闖入過剛發生屠殺、沒人敢去的立逵薩，那裡的人，整村子都帶著自製的土槍，一有外人進入就全體圍上來；五公里之外的莫巴拉則是「大刀村」，每個人

東帝汶槍隊帶著自製土槍，與作者合影。

都提著大刀，也是見到生人就一擁而上。

在這種情況下當然危險，言語稍有不愼就可能遭來殺身之禍。

問題是，他們殺人，其實只是因爲「頭頭」一聲令下，或是使個眼神，自己根本不知道爲什麼。

這次回到東帝汶，發現老百姓生活變得更艱苦，沒東西吃，只好在自家後院啃玉米，然後坐在海邊看海。當年主張獨立的領導們現在坐在總統府、總理府內，帶領民兵「槍隊」、「大刀隊」抗拒獨立的頭頭們則在雅加達過著逍遙法外的優游日子。

看著那些善良的、飢餓的、找不到工作的東帝汶百姓，心裡只有一個想法，就是「眞是所爲何來？」

作者在東帝汶和當地友人合影。

作者採訪東帝汶總統古斯毛。

狡詐的澳洲人

二〇〇二年脫離印尼獨立的東帝汶不久前慶祝獨立兩週年，可是在歡慶的同時卻痛斥澳洲與東帝汶簽訂的勘探帝汶海溝油氣蘊藏條約過於狡詐，使得全球數一數二的窮國東帝汶每天損失達一百萬美元。

其實這一點都不奇怪。

台灣曾經與巴布亞紐幾內亞（巴紐）於一九九九年短暫建交，建交當時澳洲反應非常強烈，氣急敗壞指出台灣與巴紐建交會引起中國的不悅，進而造成區域的不穩定，最後澳洲在強力操作之下，把當時決定與台灣建交的巴紐總理史凱特趕下台，結果一夕之間翻盤，新任總理立即宣布該國與台灣的建交無效，「中華民國大使館」的牌子掛出一個星期就倉皇取下，創下台灣與他國建交史上的紀錄。

但是，澳洲當時哪裡是擔心所謂的區域不平衡，眞正讓他們寢食難安的是經濟利益。

巴紐是個什麼樣的地方呢？巴紐其實就是新幾內亞，各種物產豐富得不得了，可是國家卻窮得一塌糊塗，緊鄰的澳洲每年援助巴紐三億美元。夠慷慨吧。

那麼，澳洲爲什麼這麼慷慨呢？

聖塔克魯茲墓園是東帝汶追求獨立的地標。

巴紐的城市之間是沒有公路的，來往都要乘小飛機，一般百姓根本就動彈不得。

那麼，爲什麼沒有公路連結城市呢？因爲澳洲不幫它建。爲什麼澳洲不幫他們建呢？因爲澳洲開採巴紐的金礦是用直昇機進去開採的，開採之後，也是用直昇機運出來。所以，只有澳洲有能力開採，巴紐人只能看著直昇機飛來飛去。

幾年之前，澳洲還有一個計畫，現在並不清楚完成了沒有，就是在澳洲與巴紐之間建條「直通車」油管。這樣，巴紐的原油就可以直接從澳洲冒出來了。

懂了嗎？澳洲每年給巴紐三億美元，但是每年從巴紐搜刮走的，可能一百億美元都不止。這樣一個肥嘟嘟的禁臠，澳洲一想到台灣與巴紐建交，大批台商可能蜂擁而來分一杯羹，哪裡睡得著呢？

澳洲的狡詐，還有一個例子。幾十年以來，澳洲一直給巴紐人灌輸一個觀念，就是巴紐的土壤、天氣不適合水稻的生長，所以不必種啦，跟澳洲買就好了。

巴紐人本來就好逸惡勞，再加上澳洲老大哥這麼說，所以就「不種啦。」因此巴紐人雖然窮，可是吃的一直就是昂貴的進口澳洲米。不識相的台灣農耕隊卻不信邪，硬是把「台中一號」帶到巴紐實驗，一種下去，居然年收三次。你說，澳洲恨不恨台灣呢？又怎能容忍雙方建交呢？

了解這些之後，對於澳洲在東帝汶的作爲，就無須覺得奇怪了。東帝汶現在的當權者，多是小米加步槍的游擊隊出身，哪裡搞得過老謀深算的澳洲人，每天損失一百萬，恐怕也只有認了。

反正，澳洲一定會慷慨援助的。

她的名字叫漢娜

公元二〇〇四年十二月二十六日，印尼蘇門達臘島東北方發生芮氏儀強度達九點〇的地震。這是四十年以來最強的地震，但是由於震央在距最近海岸一百多公里的海底，所以地震當時，許多地點只是感受到震動，並沒有任何嚴重災情傳出。

沒想到一個多小時後，因爲地震而引起的海嘯嚴重侵襲印度洋及安達曼海沿岸的國家，造成巨大的人命、財產損失，死亡人數連日以倍數上升。三天之後，已經證實有多達五萬人遇難，而且還在不停增加。

東南亞國家中，受創最重的是印尼、泰國，兩地加起來的死者有兩萬七千人（後來證實單單印尼的死者已經近二十萬人），另外，馬來西亞、緬甸也都受到波及，分別有數十人死亡。

事件發生後，我當然也逐日報導，但是慶幸的是，台灣在這次災難中的死者僅有來自高雄、到泰國普吉島遊玩的廖風順一人，以及另兩名在大陸參加旅遊團的台商失蹤。所以，我也只是報導而已，心情倒沒有太大的波動。

但是二十九日一大早，接到久未聯絡的好友、前中天電視駐紐約記者施融的電話。他說，「東屏，我的女兒在Phi Phi島，已經三天沒有消息。」

我的心立即沉下去了。

施融的女兒施蕾是他們夫婦的掌上明珠，從小就是個優秀的孩子，夫婦兩人含辛茹苦，一路讓她念最好的學校，施蕾也不負期望，畢業後進入著名的摩根史坦利投資公司任職，幾年前曾經短暫派駐新加坡，施融當然就託那時也在新加坡的我就近照顧。

施蕾當時因爲初到新加坡，沒有信用額度，所以她的手機還是我出面幫她申請。她的名字及手機號碼（65）98716624，現在也還在我的電話本裡。

施蕾這次是跟公司的同事一起到Phi Phi島度假，聖誕節那天還跟家裡聯絡，接著第二天發生海嘯，就一直沒有消息。

施融說，施蕾的公司已經派出救難小組到普吉島，其他的團員都已找到，獨缺施蕾，他雖然隨時可以跟救難小組聯絡，但是愈等愈心焦，他要立即趕來泰國。他說，「東屏，你比較靠近，有機會先幫我打聽一下，我女兒的名字叫『漢娜．施（Hanna H. Shi）』。」

施融的聲調其實很平靜，但是我流淚了。同樣作爲父親，我完全能體會施融的心急如焚，他與現在下落不明的施蕾隔著美洲大陸、太平洋、中南半島，……他的焦急，在確定施蕾究竟發生了什麼事之前，是無論如何無法著陸的。

施蕾，你聽到叔叔的聲音嗎？好不好像以前一樣美麗活潑地突然出現在我們面前。

後記：施融夫婦後來趕到泰國，花了前後一星期的時間，終於根據牙齒紀錄找到愛女的遺體，他在電話裡泣不成聲地說，「真是可怕的地方（停屍間），可怕的折磨，又希望能找到，又希望不是她。」

亞齊的回教徒

印尼是全球回教人口最多的國家，在二〇〇四年十二月地震、海嘯災難受災最重的亞齊省，更是「回教中的回教」。在亞齊，搞不清楚狀況的外國人如果任意穿著短褲上街，都會被人指指點點甚至辱罵。

亞齊省總人口四十七萬，此次在災難中喪生者已經證實超過十萬，也就是四分之一的人口不見了，難民人數更是不計其數，然而亞齊人面對著這場巨變，還是「回教」得讓人有點受不了。

譬如說世界各國紛紛解囊相助，飲水、食物大批運到亞齊救災，居然就有回教長老對亞齊人提出警告，說是中國、台灣提供的救濟品不能吃，因爲裡面可能摻雜著豬肉、豬油，還影射提供這種救濟品是「別有用心」。

亞齊死亡者過衆，印尼的救災行動顯得處處捉襟見肘，每天拖出來的大量屍體根本來不及處理，其實最好的方法是比照印度用集體焚化的方式，非但可以加速處理屍體，也在一定程度上能夠防止可能發生的疫疾。但是依照回教的教規，人死後不能火化，一定要土葬，否則就無法昇天，於是就造成了許多屍體暴露在外面，屍臭沖天的現象，嚇得許多救援隊都不知如何下手，只好逃之夭夭。

印尼的回教徒仇美、仇澳是出了名的，美國進攻阿富汗、伊拉克的時候，都有爲數不少的印尼回

2004年地震受災最重的亞齊省回教徒不吃台灣、中國的救濟品。

教徒自費前往前述兩國進行「聖戰」；兩年多前巴里島發生大爆炸案，雖然死者大多數是澳洲人，但是那個行動針對美國的意圖是很明顯的；後來雅加達發生萬豪酒店爆炸案，也是針對美國；澳洲大使館前面的爆炸案，當然就是針對澳洲。

然而這次的亞齊災難救助，美國和澳洲出的力量很大，美國、澳洲以及美國的堅實盟邦新加坡的直昇機，每天在伊斯坎達．穆達機場起起降降，把救援物資送到很多印尼本身根本無力到達的災區，又把災區受傷的難民接出來救治。照理說，印尼對這些雪中送炭的行動，應該是感謝都來不及。

可是事實上卻有許多回教人士包括

印尼副總統在內，都對外國的救援行動提出質疑，認爲他們其實另有圖謀，所以要外國軍隊「愈早撤走愈好」。可是卻沒有人質問，爲什麼這次「回教兄弟」阿拉伯國家對印尼的救災似乎根本漠不關心。

亞齊省這次有許多沿海村落被海嘯一掃而空，很多地方只剩下回教寺還屹立在那裡。這下可好，亞齊人根本忘了自己已無家可歸，反而大讚阿拉偉大，所以回教寺才能金雞獨立。其實，回教寺本來就比民宅堅固得多，其建築的方式及格局也更能夠抵擋甚至抵銷海嘯的衝擊。這些，亞齊的回教徒聽了反而覺得逆耳。

氣死你

在印尼辦事，會把你活活氣死。

二○○三年到印尼巴里島採訪亞細安高峰會，事前上到網站報名，所有的資料連同相片都e-mail給了對方，開會前一天趕到會場，嘿，居然沒有我的名字，主辦單位雙手一攤說沒辦法，我又沒有把當時寄電子郵件的資料留下來，眞是死無對證。

我問那位辦事人員該怎麼辦，是不是可以臨時報名，他居然又是雙手一攤說沒辦法。我火了，當場發起飆來，痛罵一場然後也兩手一攤說，「難道要我現在就回家！」這下可奏效了，驚動了那個傢伙的上司，他看我火冒三丈，就好像很法外開恩地讓我補辦了記者證。

二○○四年底發生南亞大海嘯，印尼在雅加達召開海嘯緊急高峰會，我當然也趕去了，跑到印尼外交部辦記者證，臨時知道如果要轉去亞齊的話，還要另外辦一張採訪證，兩張證都由外交部媒體秘書處核辦，由於都是在同一個地方，問題自然不大，於是就行禮如儀地填表、繳照片，一窩子記者在那裡嘴歪眼斜地等。

兩個小時後領到一張前往亞齊的採訪證，我說，「還有一張高峰會的採訪證呢？」對方說要第二天下午到會場領取，而且特別提醒我別到得太早，大約六時左右最恰當。

我知道印尼人的習慣，所以第二天七時才到會場，結果空無一人，問在櫃檯後面閒坐無事的辦事人員，才知道所有的資料還在外交部沒運過來，得到的「指示」是九時左右再來一定可以領到。九時一到，在下準時出現在會場。不錯，有人了，電腦也運來了，只是五、六台電腦只有一人在操作，前一天所交進去的申請表全都堆在那邊，就只有那一個人在慢慢將資料輸入電腦，一缸子記者在旁邊像無頭蒼蠅一樣的轉，最讓人火冒三丈的是所有的問題都一問三不知，有位馬來西亞的記者急了，當場和主管人員吵了起來，那位女士居然杏眼一瞪，吼了一聲「不然你來做好了。」然後就把所有的記者趕了出去。

我一直等到半夜十二點，找了個空檔閃進辦事的房間，看到自己的申請資料還壓在底下，於是就抽出跟對方說我人已經在這裡了，可不可以先辦一下，對方拿在手上很體諒地點點頭，哪裡知道一轉身，他又把我的資料放回一疊資料的底下。我又火了，一把把申請資料抽出來，把照片撕下說，「老子不辦了！」立刻回旅館睡覺。

第二天聽別的記者說會場一片大亂，最後哪裡有什麼記者證，大家最後都一擁而入。

現在，亞非會議要在雅加達舉行，我上網取得申請採訪表格，上面說要在四月十七日前送回媒體秘書處，可是卻沒有提供地址，打電話去，沒人聽，寄電子郵件去，沒人回。還好，我手中有張秘書處名片，就管他三七二十一寄過去，到時再說沒我的資料，我也知道該怎麼辦，就是大吼一聲，「難道要我現在回家呀！」

菲律賓垃圾山

菲律賓首都馬尼拉是個有千萬人口的大都會，市中心的馬卡地商圈舉世聞名，高樓大廈、豪華公寓櫛次鱗比，但是與此同時，馬尼拉的貧民區卻也比比皆是，貧富懸殊差距之大，一般人很難想像。

如果想要真正體會一下什麼叫做貧富懸殊，最直接的方法就是到馬卡地逛一圈，然後立即轉往近郊奎松市的帕亞塔斯去參觀一下。

帕亞塔斯是個什麼地方呢？

帕亞塔斯是座垃圾山，占地二十二公頃。你也許要問，垃圾山與貧富懸殊有什麼直接的關係呢？有，因爲帕亞塔斯不僅僅是座垃圾山而已，它實際上是座近七萬菲律賓人賴以維生的垃圾山。

大馬尼拉區一千萬人口每天製造大約六千七百公噸的垃圾，其中七百多公噸是可以循環回收的垃圾，近一千五百公噸則被非法傾倒在馬尼拉灣及其他私有地上，剩下來的五千多公噸垃圾就被運往包括帕亞塔斯在內的垃圾場，其中又以帕亞塔斯規模最大、歷史最久。

帕亞塔斯至今已有三十一年歷史，由於有太多人靠著在這裡撿垃圾維生，不但撿垃圾的人在這裡結蘆而居，很多小生意也遷進此處，久而久之，竟然發展成一個具體而微的社區，甚至還有自己的小學呢。

在帕亞塔斯撿垃圾的人，有很多是代代相傳，祖孫三代一起撿垃圾的畫面也早讓人習以爲常，他

馬尼拉的帕亞塔斯垃圾山養活不少人。

們也並不以撿垃圾爲恥，因爲他們自認是「回收工業」的一環。

我曾在二〇〇一年去帕亞塔斯探訪過一次，外人進去時必須登記，我注意到登記簿上有許多來自歐洲、日本的研究人員，他們顯然也對這麼大的一座垃圾山感到好奇。

有意思的是，進入帕亞塔斯的範圍之內，確實氣味有些特別，但卻並不是想像中的「令人作嘔」那麼嚴重，不知道是不是「入鮑魚之肆，久而不聞其臭」的效果。

在這裡撿垃圾，收入當然很微薄，可是儘管在這樣的地方，仍然有先來後到之分，垃圾車一到，老資格的住民有優先權，撿剩之後，才輪到資歷比較淺的人上陣。

四年前，帕亞塔斯曾經發生過豪雨過後垃圾山崩事件，當時山腳下近兩百個撿垃圾的住戶遭到掩埋，死傷無數。可是第二天，撿垃圾者還是一樣上山，無視於還有死者埋在垃圾中的事實，其生活之困苦，已經可以想見。

菲律賓的鬼節

全世界有不少國家都有鬼節，有的肅殺恐怖，像華人社會裡的中元節，你會覺得四周都是「好兄弟」在飄來飄去；有的熱鬧搞笑，像美國的萬聖節，大家都打扮成很誇張的「鬼」，當作個節日來玩耍，特別是紐約市一年一度的格林威治村萬聖節大遊行，更是有可觀之處。

東南亞區域內，菲律賓的鬼節也很有特色。

菲律賓的萬聖節落在每年十一月一日，每到這天的前夕，菲律賓人都扶老攜幼地到墓園掃墓，可是他們的掃墓一掃就是好幾天，所以根本就是在墳場裡露營，每天擺開桌子大吃大喝，一時之間，墓園內人聲鼎沸、小販雲集，到處都是烤肉的碳煙，音樂聲也此起彼落，聞樂起舞者更大有人在，簡直就是一場嘉年華會，哪裡像是掃墓？

可是對菲律賓人而言，這是除了聖誕節之外的另一大盛事，也是親朋好友難得一聚的機會，所以多年以來，每到「萬聖節」臨近的時候，警方都大爲緊張，派出警員到各墳場去維持秩序，同時三令五申不准在墳場賣酒，爲的就是擔心有人酒後鬧事。然而，命令歸命令，興致高昂的掃墓人依然我行我素，以致每年「萬聖節」時總會出些事，各地墳場也總會多出些「新客」。

菲律賓的華人也入境隨俗，「萬聖節」時自然也大事掃墓一番，但是因爲要方便在墓園住幾天，所以馬尼拉的「華僑義山」愈蓋愈豪華，簡直像個市鎮。「華僑義山」占地五十二萬平方公尺，墳場內的每條街都有路名，單行道、雙向道分得清清楚楚，而且還分有「公寓區」及「特級區」呢。

「特級區」內的墳墓都建成兩層式的房舍，建材是進口的上好大理石，鐵門、廁所、冷氣、桌椅、吊燈、信箱一應俱全，有的還有小花園，二樓是讓前來祭拜親友休息的空間，祭拜完之後，大家就湊成一桌打個麻將，晚上則在墓舍內過夜，半夜肚子餓了？沒關係，墓園裡還有夜市呢！「特級區」內的墳墓造價都在一百萬披索（約六十三萬台幣）以上，其金碧輝煌的程度，往往教人嘆爲觀止。例如墳場中最「豪華」的黃永成墓舍，屋頂就是全部用眞金打造，房間裡是整片整片的大理石。

至於「公寓區」的墓舍，顧名思義，當然造價比較便宜，但是也都要七、八萬披索（近五萬台幣）之譜，甚至於墓地的租金都較活人的房屋租金貴得多，外觀除了廳堂上掛著死者的相片之外，簡直與一般「活人」的住家沒有差別。

也正因爲有這種特色，所以每天都有大大小小的遊覽車，載著一車車的遊客來觀光，墳場搖身一變而爲觀光勝地，「華僑義山」也可能是全球唯一需要繳費才能進去的墓園。

摩托車大軍

在東南亞這些年，去過許多地方，常常有人問，「你認爲東南亞哪個國家的經濟發展最有希望？」

我的答案總是，「越南。」

果然不錯，過去這七、八年來，越南的經濟快速成長，讓很多人刮目相看，甚至於台商在越南的數目，也已經一躍而爲區域內最衆者。

我對經濟一竅不通，之所以可以這麼「鐵齒」，固然是因爲有點「天縱英明」，但在很大程度上是因爲我發現越南有「摩托車大軍」。

我在一九九八年首度去越南，當時是到河內採訪亞細安首腦高峰會。令人吃驚的是，河內眞像台灣，車子從機場向河內進發時，沿路所見景色，簡直就像三十年前的台灣農村，稻田像，農舍像，就連人都長得很相似。

進入河內市區之後，更不得了，到處都是摩托車騎士，十字路口更是鴉烏烏一片，而且很少人戴安全帽，就更像當年的台灣了。

後來又去了菲律賓、印尼、馬來西亞等國家，我就確信越南將終非池中之物。譬如說菲律賓吧，馬尼拉塞車塞得一塌糊塗，可是大家就都若無其事地塞在那裡，鮮少見到摩托車騎士在車陣中鑽來越南摩托車大軍帶動經濟。

鑽去。這樣，哪裡辦得了事？

台灣當年經濟的快速發展，老實說，跟摩托車頗有關係，光陽、本田、山葉、鈴木……機車，在提高工作效率方面起了很大的作用。就像我在河內所見一樣，等於全國都動員起來了，哪有可能跑不快呢？

根據去年的數字，越南的摩托車騎士多達一千萬人。一千萬人，快到台灣一半的人口了。這一千萬名摩托騎士自然對越南的經濟起飛起了貢獻，但是同時也製造出不少問題。譬如說二〇〇二年時，因車禍而死亡的越南人超過一萬兩千人，比前一年上升了百分之二十二，其中有百分之七十涉及摩托車。

為什麼有這麼多車禍呢？因為在一千萬摩托騎士中，只有三百九十萬人擁有有效駕照。換句話說，有超過百分之六十在越南騎摩托車的人，不是無照駕駛，就是靠賄賂交通警察而取得駕照。

所以下次到越南去，「照子」放亮點，見到摩托車，最好閃一邊，問題是前後左右都是，怎麼閃呢？

越南人開車全靠喇叭

「你記得也好，最好你忘掉，我倆交會時互摁的喇叭。」

不久前到越南，作了次長途巴士旅行，這就是我得到的結論：徐志摩如果生在現在的越南，他那〈偶然〉中的名句，一定會寫成前述的那個樣子。

爲什麼？因爲我雖然去過那麼多的國家，但是還眞的只有在越南聽喇叭聲聽到耳朵生癬。

那麼，越南人有多會摁喇叭呢？

首先，越南城市的街上車多、人多、自行車多、摩托車多。這些「多」其實並不稀奇，稀奇的是車、人、自行車、摩托車都自我意識極強，完全無視於別人的存在，具體地體現則是「只管前面、不管後面」。

換句話說，每個人都專注於排除前面的障礙，但是對於自己是否同時也擋住了後面的人，卻完全不在乎。

這下好了，排除前面障礙的最佳方式就是摁喇叭，你摁、我摁、他也摁，整個城市裡就叭、叭、叭響個不停。

但是你如果以爲這個現象只有城市裡才有，那就錯了，越南人開車摁喇叭，是全國性的，不分城市、鄉村、公路、山野。

城市裡當然不用說，大家交會的機會太多了，其實這個說法也不太確實，越南人摁喇叭大多無關於「交會」，而是要前面的車、人讓開，偏偏越南人一旦到了「前面」，往往就不管後面了，所以大家就拚命地摁，吵得人頭發昏。

上了公路，如果是多線道，越南人是不超車的，而是猛摁喇叭要前面「讓開」，他會一直摁，到你讓開爲止；如果是雙向單線道，當然只有超車了，這個時候，摁喇叭的方式就改成從「企圖」超車時就開始摁，超車的過程也一直摁，直到超過去爲止。

開在山路裡，車子少了很多，理論上不用摁了吧。你又錯了，因爲只要碰到轉彎，大家也一樣死命地摁，目的當然是警告可能突然出現的對面來車；車輛在公路上行駛，不免不時要進入市鎮。這下更精采，還沒進入就開始摁，然後一路摁到出鎭爲止。大概是大家都太愛摁喇叭了，所以有些越南車輛的喇叭還特別設計成有旋律的，不僅是「叭，叭」而已，只不過再好聽的旋律，聽多了也是噪音。

我有次從越南邊界芒街搭乘中型巴士到河內，前後八個小時，但是全程至少有三個半小時是在喇叭聲中度過，下車之後很久，耳朵還嗡嗡作響。

另外提供一個「撇步」，到越南住旅館，最好指定不要臨街的房間，否則會被車聲、喇叭聲吵得無法入眠。除非，除非……你喜歡聽喇叭聲。

該他們贏

美國在越戰期間的指揮官魏斯摩蘭將軍日前過世，當年與他對陣、被稱爲「紅色拿破崙」、「奠邊府之虎」的越共大將武元甲仍然在世，但已垂垂老矣。

越南人精瘦矮小，卻敗法國人於先，復挫美國人於後，他們究竟是如何辦到的？日前，我的女兒、兒子自美國來泰國探望我，我帶他們作了一趟胡志明市遊，算是在這方面有所領悟。

其實，我一直對「胡志明市」的原名「西貢」念念不忘，多美、多浪漫的名字。當年在紐約百老匯上演、盛極一時的《西貢小姐》，其中一場景即是美軍倉皇撤出，直昇機在美國駐西貢大使館屋頂接運逃離人員，歌劇製作單位還眞的弄了個原物大小的直昇機模型上了舞台。

實在很難想像該劇的名字如果是「胡志明市小姐」。多殺風景。

言歸正傳，我們在胡志明市參觀了「越戰博物館」，也看了還停在獨立宮裡，一九七五年四月三十日上午十一時撞開鐵門、長驅直入衝進西貢獨立宮的那輛越共坦克，但是還是無法理解強大如美國者，怎麼會被打敗？

直到我們參觀了古芝地道。

古芝位於胡志明市西北邊六十公里處，從一九四八年的抗法戰爭開始，古芝居民和游擊隊便用簡單的鋤頭、鏟子、畚箕挖掘戰壕和地道，到越戰末期，居然讓他們挖出了總長達兩百三十公里的地道網路和五百公里的交通壕。

這個地道所代表的，不僅僅是越南人用最原始的方法與武器來與法、美的先進武器對抗，它實際上顯示出的是一種絕不屈服的堅韌毅力。

古芝地道現在已經開放爲觀光景點，因此有一部分是可以讓觀光客鑽一鑽的。但是我和兒、女在嚮導帶領下走到地道口，面對著那個「小洞」時，還是忍不住疑惑「眞的鑽得進去嗎？」嚮導笑著說，「其實這個示範地道已經加寬了，原來的洞口還要更小。」

我們跟著嚮導鑽進去，那眞的是像老鼠一樣在地底下活動，能弓著身子走，已經算是不錯了，多數的時候是手腳並用的爬或滑行。我們在地底下氣喘吁吁地參觀了游擊隊的會議室、醫務所以及隨處可見的各種陷阱。

最後的節目是不停留「走」一段長達五十公尺的地道，那眞是要命。才五十公尺，可是我實在「沒法度」，要停下來休息好幾次，心中一直想的是，「媽的，到底還有多長？」想放棄，但是地道僅能容身，根本轉不回去，只有硬著頭皮爬，爬，爬。

好不容易回到地面，我的女兒已經臉色蒼白，必須坐下休息；兒子則灰頭土臉、滿身大汗地說，「是該他們贏。」

越南SIZE

越南胡志明市西北方有個地方叫做古芝，這個地方最有名的就是地底下有總長達兩百五十公里的地道網路。古芝地道早在一九四八年抗法時期就開始挖了，當時越南人用簡單的鏟子和畚箕挖了二十年，才完成這工程龐大的地下村落。

古芝地道南通胡志明市城外的西貢河，西邊可抵柬埔寨，地道共分三層，以交錯方式層層相通，每一層都設有迂迴的空氣管延伸到地面，以免受到美軍的毒氣和砲彈攻擊，地道內也處處布滿陷阱，設有作戰哨、水井、手術室、餐廳、廚房、休息室、會議室、醫療站、糧食庫、軍火庫等等，設施可說是一應俱全。

但是古芝地道最大的特點就是狹窄，基本上是越南人的size，東方人到了古芝地道，還可以勉強鑽進去體會一下，西方人就只能站在外面看看洞口，想像當年的越共像老鼠一樣在古芝地道裡鑽來鑽去，然後再從無數的出口冒出來偷襲，搞得美軍頭疼不已。

但是千萬不要譏笑越南人個頭小，他們還眞是結結實實把法國、美國都打敗了。

那麼，越南人個頭小到什麼程度呢？

我有位朋友到河內去開工廠，在招工廣告上寫著身高一百五十公分以上，結果他的越南秘書小姐勸他一定要把身高標準降低，否則的話恐怕不容易招滿工人。

我本來還不信，現在信了。

不久前到越南邊境的芒街作採訪，由於我是從河內轉去，心想也不過就去一天半，就把件較大的行李寄存在河內的酒店，沒想到就這樣忘了帶內衣褲。到了芒街趕緊去買內褲，從L號一直挑到XL號，看起來好像還是不夠大，但是店裡沒有再大的了，只好買下，回到酒店一穿，果然不錯，簡直就像條情趣內褲。

後來我跟朋友坐車從芒街到河內，我朋友的旁邊坐著位中年越南女士，一看我的朋友就掩著嘴笑，我們覺得很好玩也有些莫名其妙。後來大家有些熟了，有位懂得中文的小姐才告訴我們，原來那位越南婦女覺得我的朋友「胖」得很可愛，所以才一直笑。

其實我那位朋友身高大約一百七十五公分，體重接近八十公斤，在我們的眼中，只是稍微超重一點而已，可是越南人就已經覺得他胖得「很好笑」了。我後來想，越南人如果見到「真的胖子」，恐怕會當場笑岔了氣。

緬甸無人談政治

緬甸有位世界知名的反對人士翁山蘇姬，國際媒體更是經常報導緬甸是全球數一數二迫害人權的國家，配合著新聞報導所刊出的圖片幾乎全是身著戎裝的軍頭。

因此，外人很容易會有個印象，亦即緬甸滿街都是軍、警，老百姓都畏首畏尾，大氣不敢吭一聲地沿牆而走。

可是事實上卻並非如此，仰光街頭的軍、警並不算多，老百姓則不分男女，或是身著沙龍悠閒地在街上走，或是坐在路邊小店的矮凳上，泡一壺茶、喝杯咖啡，談天說地，完全沒有給人「被迫害」的感覺。

不過，這又是一種另類的錯覺。因爲，在表面的閒適掩蓋之下，緬甸老百姓確實是充滿恐懼的，最具體的表現便是，在緬甸全境，沒有任何人願意或者敢公開談論政治。

另一方面，緬甸軍政府的那隻強有力的箝制巨掌，雖然並不爲肉眼所見，卻可以說是無所不在。舉例而言，緬甸公務人員是不准參加政黨的，兩家電視台則分屬情報系統及軍方，新聞當然經過嚴格的篩選，對於國際媒體的記者，更是嚴加防堵。根據了解，世界各大媒體均無法在仰光派駐記者，記者也率多是藉由其他的名義進入緬甸，然後以「游擊戰」的方式發出報導。

除了外在的控制之外，緬甸的媒體工作人員其實也「自律甚嚴」。當地的報紙基本上是政府的布告欄，緬甸報紙每天所刊登的新聞，只要稍微牽涉到敏感問題，報社方面都會主動向新聞檢查單位「提醒」，送審之後才敢刊登。

至於從外間進口的書報雜誌，本來已經少之又少，可是仍然不能免於檢查。這樣的新聞檢查，從機場便已開始，之後還要送交新聞部、情報局，這幾關都通過，也並不表示天下太平，負責發行的單位還要自行再檢查一次，因爲「前面的檢查單位有可能疏忽」，到時發生事情，要負起責任的是發行者。

內容有問題的話怎麼辦？輕微的話，直接用剪刀剪掉，所以讀者經常會收到或買到「有洞」的報紙、刊物；嚴重的話，那當然就整份禁掉了，這是毫不客氣的。

這種氣氛下，誰還敢談政治。

緬甸壓制思想自由不擇手段

學生理想性高，舉世皆然。學生也從來就是任何專制政權感到頭疼的對象，緬甸自然也不例外，當年為了壓制學生運動，緬甸軍政府採取的是令人訝異不止的直接手段——關閉大學，從一九九六年十月開始一關就是十四年，毫不考慮犧牲掉一整代知識分子所可能帶來的後果。

現在緬甸的大學是又開放了，可是軍政府對於學生自由思想的箝制卻並未放鬆，為了讓學生「不方便」鬧事，緬甸當局的作法是將許多大學遷往遠離仰光的郊區，動輒一、兩個小時車程，學生上、下學已經疲於奔命了，那有精神再搞民主運動。

緬甸軍政府對學生運動打壓是有歷史傳統的，早在軍人於一九六二年奪取政權之時，就明目張膽地把仰光大學學生聯合會的大樓給炸毀了。

在這種情況下，緬甸人對政治是敏感到有冤也不願申的地步。仰光的一位陳姓華人表示，幾年前，有位馬來西亞的記者寫過篇有關緬甸第二大城瓦城當地華人的報導，為華人訴了一些苦，結果是緬甸政府被激怒之下，開始在瓦城找華人的麻煩，捉了不少無居留身分者。

自此以後，所有的華人都噤若寒蟬，受了再多的委屈、壓迫，都只能逆來順受，不再申冤。

對內如此，緬甸軍政府對外也不客氣。二〇〇〇年前後，曾有批台灣民進黨議員通過旅行社安排抵達仰光，名義上是旅遊，事實上當然也想接觸一下緬甸的反對人士，以便回國後爲自己增添一些政治上的資本，所以也拖了一批媒體記者隨行，哪裡知道被緬甸軍政府洞悉其「陰謀」，結果整團在機場就遭到攔阻，連機場都沒出就被遣送回台。

緬甸軍政府對於異見人士的壓制是毫不掩飾的。

譬如說諾貝爾和平獎得主翁山蘇姬，她在一九八九年的選舉中贏得超過百分之八十的選票，結果「輸不起」的軍人硬是不承認選舉結果，甚至不顧國際譴責，悍然把她軟禁在仰光大學路的一棟住宅中。

一九九五年六月，緬甸政府對外宣稱釋放翁山蘇姬，其實她的行動還是處處受限。例如有次她企圖乘坐火車前往瓦城，當局竟然有本事把她所乘坐的那節車廂的掛鉤鬆開，結果火車頭是走了，翁山蘇姬卻還很「卡通」地留在原地；還有幾次，她企圖衝破限制前往外地，結果當局就派出車輛將翁山蘇姬所乘坐的車輛團團圍住擋在路邊，有次居然這樣對峙了六天之久。

二〇〇四年五月，翁山蘇姬又被軟禁起來了，像她這樣有國際知名度的人物，緬甸軍政府都可以如此肆無忌憚地對付，一般人就更不用說了。

人間淨土

到寮國古都鑾帕拉攀遊覽，在湄公河邊的小村落買了兩件當地的衣服，對襟、棉布、圓領、兩個大口袋、胸前有原住民味道濃厚的繡飾。正是我要的。

回到車上，司機笑著說，「買東西啦？」我秀給他看，他問花了多少錢，我說，「美金七元。」他的笑容突然閃過一種表情，我說，「貴啦？」他又笑了一笑，那個表情等於就是「沒錯。」

兩件美金七元，能貴到哪裡去？而且最重要的是，我跑了這麼多地方，才在這裡找到。

鑾帕拉攀距離永珍四百多公里，雖然曾經貴爲國都，但是目前人口才一萬六千人，僅僅在十年前還未爲人所知，典型的原汁原味，但是後來被聯合國發現，宣布爲「世界遺產」之一。這下可好，觀光客一年多似一年，連我都慕名到了。

就如同所有觀光客喜愛的地方，鑾帕拉攀也開始逐漸西化了。最著名的一條短街上，現在櫛次鱗比的旅行社、咖啡店、披薩屋、網吧、卡拉OK、馬殺雞店，多數是來自歐洲的觀光客，穿著休閒地在街上漫步，光是這些觀光客，感覺上都好像已經超過了一萬六千人。

儘管如此，我還是很興奮，因爲欣賞到了幾處極爲獨特、美麗的廟宇；在博物館內粗淺地了解了原先甚爲陌生的寮國歷史，嘗到了鮮美的湄公河魚，耳中時時響起小時頗熟悉的「在那湄公河邊，

寮國境內的湄公河畔有不少人間淨土。

也使我留戀……」的曲子。還有就是，買到了這兩件衣服。

這種衣服穿著眞是舒服，完全適合東南亞的氣候，但是現在也像亞洲虎、亞洲象、亞洲單角犀牛一樣，慢慢地絕跡了。上次買到類似的服裝，是在泰、緬、寮邊界的「金三角」，不過只是藍棉布的衣服，沒有繡飾，我已經很滿足了，到現在還時時穿著。

現在東南亞的都市裡，幾乎沒有人穿傳統衣服，甚至於在很多觀光區，也都是賣西式衣服或是針對觀光客的改良傳統服，只有在巒帕拉攀這樣還未完全被西方文明征服的地方，有可能找到傳統服裝，而即使在這種地方，傳統服裝的主顧大多也是觀光客。

我常常很自私地想，這些地方的百姓可不可以放棄現代化，爲地球保留一些「人間淨土」。

〔後記〕

行過回教馬來腹地

要不是搬家，還眞的很難有機會走這一遭。

也是因爲搬家，而且是徹底的搬家，所以能賣掉、能處理的東西都解決了，因此能夠只帶簡單的行囊，背著支旅行吉他，跨上那輛伴我已經六年的二手BMW機車上路。

那天是二〇〇四年八月四日。

原來的計畫是一天之內由新加坡趕到馬來西亞與泰國的交界，休息一晚，次日一早越過邊界進入當時頗不安靖的泰南，實際觀察一下當地的情況，然後繼續前往曼谷，全程大約兩千五百公里。

不過那天晚上回到居住了六年的公寓，對著空無一物、僅在地板上鋪著簡單床墊的房間，還是決定連夜出發，作記者這麼多年，且戰且走早已是常態。

過新加坡移民關，按照慣例檢查護照，然後將現金卡插入繳費通關，典型的高科技，只不過這張現金卡餘下的錢已不知何年何月可以再用了。

等到過馬來西亞移民關，跟著前面的摩托車，三轉、兩轉居然就不可置信地過關了，沒人檢查護照，沒人要我繳費，不會吧？可是還眞的是這樣就上了馬國南北快速公路，一路行到馬六甲，已是晚間十時。

在馬六甲過夜，當然有原因。一是馬六甲本就是自己最喜愛的馬國城市，此次搬離新加坡，不知何時可能再來；其次是雖然未按照原訂時間出發，但是還是希望能在白天入境泰國。

在馬來西亞公路上騎摩托車，不是很好的經驗，那裡的汽車駕駛人不認爲摩托車有權利跟他們分享道路。有次，一位華人臉孔的汽車駕駛人，因爲我沒讓他的路，居然在高速公路上硬擋我的車，一副「老子開的是汽車」的跩樣子，本來想撞他，後來想想自己是摩托車，就算了。

不過，馬來西亞的油價眞是便宜，我在新加坡加滿一次總要新幣二十多元，馬來西亞這邊只需大約三分之一，因此許多新加坡人常常越過長堤到馬來西亞加油、購物、品嚐美食，新加坡政府還小鼻子小眼睛地規定，過到新山（馬來西亞）的車輛，油箱至少要四分之三滿，就是擔心新加坡人專程過去加油。也難怪兩國關係一直搞不好。

接近吉隆坡的時候，內心開始交戰。等會兒見到關丹的路標，到底要不要轉過去，一轉過去，就必定得從馬國東部上行，也勢必要從人人聞之色變的泰南陶公府（Narathiwat）入境泰國，也會經過同樣嚇人的北大年（Pattani）、也拉（Yala）三個省。

這三個地方爲什麼可怕呢？因爲從今年初以來，泰南幾個省的回教徒不斷滋事，先是攻擊軍營，殺死四名軍人、劫走一百多支M-16步槍及彈藥；之後爆炸事件此起彼落，也有零星的狙殺事件發生；接著在四月二十八日，政府軍警接獲線報，一天之內擊殺一百多名企圖滋事的回教青年，引起軒然大波。如今，前述三個省還是處於戒嚴狀態。

事實上，我出發之前與朋友辭行，對我協助頗多的泰國駐新加坡大使館領事卡薩妮就諄諄告誡，勸我不要輕易前往那個地區，我當然擺出一副「風蕭蕭、易水寒」的架勢，表示心意已決，不勞勸說，其實心裡還是滿嘀咕的。她在大使館工作，當然應該比我了解狀況。

所以雖然已在路上，可是山不轉路轉，我可以不往那個方向啊。而且馬國南北大道會經過風景怡人、楊紫瓊的故鄉怡保，也可以到世界聞名的檳城逛一逛，完了之後一樣可以就近入境泰國，何必去冒那個險，國家還需要我吶。

可是見到關丹的路標，還是一橫心轉過去了。關丹，多美的名字，而且每次到馬來西亞，都是在西邊，東邊還眞的沒去過。

馬國東部上方是回教重鎭，與泰國接壤的吉蘭丹州以及緊接其下的丁加奴州，原先均是回教黨執政，直到二○○四年三月的大選，「國陣」才奪回丁加奴執政權。與馬國相對溫和的回教比較起來，這兩州稱得上是馬國的回教「基本教義派」，甚至對上班女性的穿著，都有極爲嚴格的規定。

不去不知道，這兩州還眞是回教州呢，連路標都出現了阿拉伯文，旅館櫃檯服務小姐不但從頭包到腳，還是一身黑呢。晚上與新加坡朋友通電話，她說，「累不累，找個人來按摩吧。」我說，「妳沒搞錯吧，這是回教地方，亂搞要斬手的。」她說，「又沒要你亂搞。」

不過憑良心說，這一路走來，就是在這兩州的地段騎得最舒服。其一，也許回教州比較窮，路上車輛明顯少了很多，騎起來毫無壓力，而且是沿海公路，眞是心曠神怡；其二，回教州容或有許多我們看來不合理的規定，但是卻有個讓摩托騎士感到甚爲窩心的地方，就是公路上許多地段居然劃有摩托車專用道。去過這麼多地方，只在這裡第一次見到。

第二天一早準備過邊界，在加油的時候，旁邊一位馬來西亞人好心地對我說，「要小心喔！」我問他，「小心什麼？」他比了一個開槍的手勢。

眞是哪壺不開提哪壺。我最怕的就是這個，而且事前也獲得警告了，他卻又在我即將進去之前「再確認」（Reconfirm）了一下。此刻，離邊界只有二十公里了，能回頭嗎？傳出去，還要做人嗎？

硬著頭皮騎到蘭陶班讓關卡，停好車，請了一位被我車子吸引來的人，爲我在關卡前照了張像。我當時心裡對他說，「你知道嗎？我這一去，就成『活靶』了，你可能正在照張歷史照片呢。」

我其實是認眞的。四月二十八日被泰國軍警射殺的回教青年，幾乎都是騎著摩托車時被射殺，倒斃公路上。我騎的摩托車雖然比他們的大得多，但終究還是摩托車；而且，我隨身攜帶一支旅行用吉他，既然是旅行用，體積自然比較小，裝在黑色吉他袋裡背在身上，怎麼看都像背著支長槍，泰國軍警見到我，難道沒有「打靶」的衝動嗎？

有這種擔心，不是沒原因。二〇〇三年在伊拉克採訪，許多美國大兵緊張兮兮，見到可疑的、不對勁的人就先開槍再說，很多人就這樣枉死槍下。

我就這樣心情沉重地發動車子，向關卡騎去。咦，馬來西亞這邊就這樣騎過去了，沒人理我；我不覺得太奇怪，因爲三天前入境馬國時，也沒人理我。所以這次我進、出馬國都沒紀錄。

然後我繼續騎、繼續騎、繼續騎，都沒人理我，我就進到泰國這邊了。

作者從新加坡騎摩托車到曼谷。

喂，沒搞錯嗎？我是外國人耶。所以我就在泰國這邊故意停下來看地圖，看看有沒有人會氣急敗壞跑過來要我交出護照。

等了一會兒，沒有，就是沒有，我只好走了。兩國邊界這樣不設防，也難怪恐怖分子跑過來跑過去，我事先準備好的各種影印入境資料以及說詞，當然也完全無用武之地了。

第一站到陶公府，就眞的感覺到緊張氣氛。在將入城的地方有個軍警把守的路障，也有讓人可以選擇繞過去、不必進城的路。只不過我既然到現在還活著，就進去吧。

一路上到市區裡面，路兩邊都是軍警，大約每隔一百公尺就有個崗哨，這樣的陣仗，只有上次去喀什米爾時見過，不能說不緊張。

此時雖說是已到了泰國，可是完全沒感覺，泰南的人幾乎都是回教徒，說的是馬來語，穿的是回教服裝，有時候一恍神，還以爲又到了伊拉克。

當天離開陶公府往北大年進發，特地到四月二十八日軍警擊斃三十二名回教青年的克魯賽回教堂，正在整修，和旁邊的商家聊了一下，語言完全不通，大部分的時候是比手劃腳、雞同鴨講。

從陶公府到北大年，雖然一路都是軍警，可是心情愈來愈輕鬆，因爲沿路碰到的老百姓、加油站員工都很和善、親切，怎麼也無法跟恐怖分子聯想在一起。

我最後決定不去也拉而直接北上向曼谷。老實說，我當然不相信曾經有人向我「打靶」，但還是一直等到眞正離開了回教地段才安心。關於這一點，我覺得很對不起一路上對我提供各種協助的所有人，他們應該都是回教徒吧。

INK PUBLISHING

文學叢書 128

一個人@東南亞

作　者　梁東屛
攝　影　梁東屛
總 編 輯　初安民
責任編輯　施淑清
美術編輯　顏柯夫
校　對　施淑清　梁東屛

發 行 人　張書銘
出　版　INK印刻出版有限公司
台北縣中和市中正路800號13樓之3
電話：02-22281626
傳真：02-22281598
e-mail：ink.book@msa.hinet.net
法律顧問　林春金律師

總 代 理　成陽出版股份有限公司
業務部／訂書電話：02-22256562
訂書傳真：02-22258783
訂書地址：台北縣中和市中正路800號11樓之2
e-mail：rspubl@sudu.cc
網址：舒讀網 http：//www.sudu.cc
物流部／電話：03-3589000
傳真：03-3581688
退書地址：桃園市春日路1490號
郵政劃撥　19000691 成陽出版股份有限公司
門市地址　106台北市新生南路三段96-4號1樓
門市電話　02-23631407
印　刷　海王印刷事業股份有限公司

出版日期　2006年8月 初版
ISBN 978-986-7108-67-8
986-7108-67-1

定價 260元

Copyright © 2006 by Liang Dong-ping
Published by **INK** Publishing Co., Ltd.
All Rights Reserved
Printed in Taiwan

國家圖書館出版品預行編目資料

一個人@東南亞
／梁東屛 著.－－初版，－－臺北縣中和市：
INK印刻，2006〔民95〕
面；　公分（文學叢書；128）
ISBN 978-986-7108-67-8（平裝）

857.85　　95014230

版權所有・翻印必究
本書如有破損、缺頁或裝訂錯誤，請寄回本社更換

K INK INK INK INK INK INK
INK INK INK INK INK INK IN
K INK INK INK INK INK INK
INK INK INK INK INK INK IN
K INK INK INK INK INK INK
INK INK INK INK INK INK IN
K INK INK INK INK INK INK
INK INK INK INK INK INK IN
K INK INK INK INK INK INK
INK INK INK INK INK INK IN
K INK INK INK INK INK INK
INK INK INK INK INK INK IN
K INK INK INK INK INK INK
INK INK INK INK INK INK IN
K INK INK INK INK INK INK
INK INK INK INK INK INK IN
K INK INK INK INK INK INK
INK INK INK INK INK INK IN
K INK INK INK INK INK INK
INK INK INK INK INK INK IN
K INK INK INK INK INK INK
INK INK INK INK INK INK IN
K INK INK INK INK INK INK
INK INK INK INK INK INK IN
K INK INK INK INK INK INK

K INK INK INK INK INK INK
INK INK INK INK INK INK IN
K INK INK INK INK INK INK
INK INK INK INK INK INK IN
K INK INK INK INK INK INK
INK INK INK INK INK INK IN
K INK INK INK INK INK INK
INK INK INK INK INK INK IN
K INK INK INK INK INK INK
INK INK INK INK INK INK IN
K INK INK INK INK INK INK
INK INK INK INK INK INK IN
K INK INK INK INK INK INK
INK INK INK INK INK INK IN
K INK INK INK INK INK INK
INK INK INK INK INK INK IN
K INK INK INK INK INK INK
INK INK INK INK INK INK IN
K INK INK INK INK INK INK
INK INK INK INK INK INK IN
K INK INK INK INK INK INK
INK INK INK INK INK INK IN
K INK INK INK INK INK INK
INK INK INK INK INK INK IN
K INK INK INK INK INK INK

K INK INK INK INK INK INK
NK INK INK INK INK INK IN
K INK INK INK INK INK INK
NK INK INK INK INK INK IN
K INK INK INK INK INK INK
NK INK INK INK INK INK IN
K INK INK INK INK INK INK
NK INK INK INK INK INK IN
K INK INK INK INK INK INK
NK INK INK INK INK INK IN
K INK INK INK INK INK INK
NK INK INK INK INK INK IN
K INK INK INK INK INK INK
NK INK INK INK INK INK IN
K INK INK INK INK INK INK
NK INK INK INK INK INK IN
K INK INK INK INK INK INK
NK INK INK INK INK INK IN
K INK INK INK INK INK INK
NK INK INK INK INK INK IN
K INK INK INK INK INK INK
NK INK INK INK INK INK IN
K INK INK INK INK INK INK
NK INK INK INK INK INK IN
K INK INK INK INK INK INK